생각이 많은 10대를 위한

고전 수업

내 삶의 길을 찾는 고전 읽기

★ 본문에 인용된 고전은 저자가 원전의 핵심 메시지를 그대로 살려 번역하되,
독자들의 이해를 돕기 위해 일부 내용을 각색하였음을 밝힙니다.

생각이 많은 10대를 위한

고전 수업

임성훈 글 | 박상훈 그림

내 삶의 길을 찾는 고전 읽기

나무생각

생각하는 10대에게 유용한 고전 읽기

인생의 봄인 10대 청소년들은 앞으로의 삶을 잘 준비해야 합니다. 게으름을 피운 농부가 가을에 수확할 것이 없듯이, 젊은 시절에 시간을 낭비하는 사람은 인생을 알차게 살아갈 수 없습니다. 어떻게 하면 내 삶을 멋지게 꽃피울 준비를 할 수 있을까요?

10대에는 무엇보다도 삶의 원칙과 기준을 잡는 데 노력해야 합니다. '인생을 어떻게 살아가야 할지', '무엇이 본질이고, 올바른 것인지', '세상을 어떻게 바라볼 것인지', '어떤 가치를 중요하게 여길지'와 같은 문제를 고민하는 시간이 필요해요. 이런 고민을 통해 나만의 원칙과 기준을 잡지 못하면 앞으로 나아가야 할 길을 찾기 힘듭니다. 한참을 가다가도 길을 잃기 쉽지요. 나만의 단단한 가치관을 바탕으로 올바른 방향을 잡고 노력하면, 후회 없는 인생을 살 수 있습니다.

10대의 생명력은 마치 푸릇푸릇한 새싹이 하늘로 뻗어 가듯, 성장을 향해 나아가야 합니다. 스마트폰, 게임과 같은 오락거리에 정신을 빼앗기지 않고, 나에게 정말로 중요한 문제를 진지하게 생각해야 합니다. 그러려면 나의 성장에 도움이 되는 좋은 사람의 조언이 필요하지요. 앞서 간 사람들이 자기 깨달음의 핵심을 잘 풀어놓은 것이 바로 책입니다. 책에는 위대한 인물들이 평생 고민한 문제에 대한 해답과 경험이 녹아 있습니다. 그중에서도 수천 년의 인류 역사에서 검증된 책이 바로 '고전'입니다.

시대와 장소는 다르지만, 인간이 겪는 문제는 언제나 비슷합니다. 고전을 읽고 고민하는 10대와 그렇지 않은 10대가 처음에는 비슷해 보일 수 있습니다. 하지만 시간이 지날수록 자기만의 기준을 갖고 단단하게 살아가는 사람과 이리저리 휩쓸리고 흔들리는 사람은 큰 차이가 납니다. 고전을 하루라도 먼저, 한 권이라도 더 읽은 사람은 더욱 견고한 기준을 세울 수 있습니다.

이 책에는 10대에 고민해 보아야 할 문제를 다루고 있는 고전을 소개했습니다.

'사람은 왜 공부해야 할까?', '세상을 어떻게 바라보아야 할까?', '어떻게 하면 나만의 삶을 살아갈 수 있을까?', '인간의 본성은 선한 것일까?', '어떻게 살아야 할까?', '왜 역사를 알아야 할까? 역사 속에서 무엇을 배울 수 있을까?' 이런 문제에 대한 답이 고전에 바로 나와 있지는 않을 수도 있어요. 하지만 고전을 읽어 가다 보면 문제를 해결하기 위한 생각의 '실마리'를 찾을 수 있습니다. 이 책에 소개된 고전을 중심으로 생각을 더 확장해 보세요. 여러분의 인생을 꽃피우는 데 큰 도움이 될 것이라고 확신합니다.

용인 서재에서 임성훈

차례

①

공부를
꼭 해야 할까?

- 논어
- 격몽요결

논어
論語

공자 孔子

지원이는 오늘도 엄마와 실랑이로 몹시 피곤합니다.

엄마: 지원아, 너 숙제 다 했어? 이제 중학생인데 혼자서도 잘 해야지.

지원: 하려고 했어요. 잠깐 유튜브 좀 보다가 할게요.

엄마: 너 어제도 그렇게 이야기해 놓고는 핸드폰만 하다가 잤잖아. 지금 바로 숙제해.

지원: 아, 알았어요. 하면 되잖아요. 유튜버만 되어도 돈 많이 벌 수 있는데 왜 어려운 수학, 영어를 공부해야 하는지 모르겠네.

엄마: 뭐라고? 학생이 공부해야지. 왜가 어딨어? 너 언제까지 엄마가 공부하라고 잔소리해야 돼? 공부하기 싫으면 하지 마. 네가 알아서 해. 너 공부시키려고 엄마, 아빠가 고생하는 거 몰라?

지원: 아, 머리 아파. 몰라.

공부는 왜 해야 할까요? 어른들에게 물으면 몇 가지 답을 해 줍니다.

- 공부는 학생의 기본 본분이니까 해야 한다.
- 공부에도 때가 있다. 지금 아니면 나중에 하고 싶어도 못 한다.
- 자기 밥벌이를 하려면 최소한 대학 정도는 나와야 한다.
- 공부를 잘하지 못하면 사람 대접받기 힘들다.

들어 보면 틀린 말은 아닌데, 가슴에 와닿지 않는 경우도 많아요. 공부는 왜 해야 하는 것일까요? 공부하지 않아도 돈을 버는 방법은 많고, 살아가는 방법은 다양합니다. 그런데 왜 어른들은 무조건 공부를 잘해야 한다고 말하는 것일까요?

세계 4대 성인으로 꼽히는 사람들이 있습니다. 크리스트교의 기원이 된 예수, 불교의 종장 석가모니 부처, 서양 철학의 시조 소크라테스 그리고 유교의 창시자인 공자입니다. 이 중 '공부' 하면 떠오르는 사람이 공자입니다. 공자는 2,500여 년 전 중국 노나라 하급 무사 집안에서 태어났어요. 신분제 사회였던 당시에는 그렇게 존경받을 만한 위치는 아니었지요. 공자는 일찍 아버지를 여의고, 집안에서도 그리 대접받지 못했어요. 젊은 시절에는 먹고 살기 위해 여러 가지 기술을 배워 돈을 벌어야 했지요. 하지만 공자는 자신의 처지를 비관만 하지는 않았습니다. 그는 학문에 뜻을 두고 부단히 노력하여 많은 제자를 길러내고 유가(儒家)의 시조가 되었어요.

우리나라 역시 유교를 받아들인 이후 오랫동안 공자의 영향력 아래 놓였지요. 부모님의 '공부를 잘해야 한다'의 역사는 그때부터 시작되었는지도 몰라요. 공자와 그의 주요 제자들의 말과 행동을 기록한 《논어(論語)》라는 책을 통해 공부를 왜 해야 하는지, 공부가 우리 인생에서 어떤 의미가 있는지 한번 생각해 봅시다.

새도 배운다

學而時習之 不亦說乎

학 이 시 습 지 불 역 열 호

배우고 때에 맞게 그것을 행하면 기쁘지 않겠는가!

배움에 대한 이 말은 《논어》의 〈학이(學而)〉 편에 나와요.

새는 태어나면서부터 하늘을 날 수 있을까요, 그렇지 않을까요? 새도 하늘을 날기 위해서는 나는 법을 배워야 해요. 그러면 새는 누구에게 나는 방법을 배울까요? 바로 자기보다 먼저 태어나 이미 나는 법을 알고 있는 선배들에게 배웁니다. 아기 새는 부모 새에게

멋지게 나는 법
제1강 비행 이론
제2강 비행 철학
제3강 비행 실습
제4강 연습 X 노력

나는 법을 배웁니다. 날개를 갖고 있다고, 나는 법을 이론으로 배우다고 해서 날 수 있는 것은 아니에요. 연습해야 합니다. 처음 날갯짓은 어설플지 몰라요. 자꾸 연습해야 합니다. 그렇게 익히는 과정에서 스스로 나는 법을 깨우칩니다. 가르쳐 주는 부모 새나 연습하는 아기 새, 모두가 노력해야 하는 것이지요.

공자의 말에서 '학(學)'은 선배들의 깨달음과 지식을 잘 배우는 것을 뜻해요. 배우기만 하고 그것을 스스로 생각하거나 적용하지 않으면 고인 물이 썩듯이 자기 것이 되지 않아요. 아는 것은 실천해야 합니다.

'습(習)'은 새가 하늘을 나는 모습을 나타낸 글자예요. 어린 새는 하늘을 날기 위해 나는 방법을 부모에게 배우지만, 반드시 스스로 나는 연습을 해야 합니다. 이와 마찬가지로 배운 것을 반복해서 익히고 실천해야 그 목적을 달성하고 완전히 자기 것으로 만들 수 있어요. 배운다는 것은 머릿속에 지식만 집어넣고 외우는 것이 전부가 아니에요. 우리가 살아가는 데 꼭 필요한 지식과 기술을 익히고 연습해서 내 것으로 만드는 과정이에요.

AI가 갖지 못한 창의력을 갖추는 법

溫 故 而 知 新　可 以 爲 師 矣
온 고 이 지 신　가 이 위 사 의

과거에 배운 것을 익히고 새로운 도리를 깨달아야

곧 스승이 될 수 있다.

《논어》의 〈위정(爲政)〉 편에 나오는 말이에요.

대화형 인공지능 챗지피티(ChatGPT)를 써 본 친구들이 있을 거예요. 챗지피티 말고도 제미나이, 클로드, 왓슨 등 다양한 플랫폼이 있지요. 이런 프로그램들은 포털 사이트처럼 그냥 검색 결과만 알려 주는 수준을 뛰어넘어, 이미 나와 있는 자료를 AI(Artificial Intelligence, 인공지능)가 학습해서 적절한 답을 내놓는 획기적인 기술이에요.

이제는 배운 것을 앵무새처럼 줄줄 외우는 공부의 시대는 끝났어요. 그런 단순한 공부는 사람보다 AI가 훨씬 더 잘할 수 있답니다. 이제는 인간이 지식만으로는 AI를 이길 수가 없어요. 사람은 일정 시간 공부하면 집중력이 떨어지고, 잠도 자야 하지만, AI는 쉬지 않고 학습할 수 있으니까요.

진짜 공부를 하는 사람이라면 지식을 자기 것으로 소화해서 자기만의 말로 표현할 수 있어야 해요. 그저 알고만 있는 것이 아니라 지식을 연결하고, 실천하고, 새로운 것을 만들어 내는 것이 진짜 공부라고 할 수 있어요. 거기서 창의력이 나옵니다. 이미 배운 것에만 매몰되어서도 안 됩니다. 세상은 빠르게 변하고 있어요. 언제나 새로운 것을 기꺼이 받아들일 수 있는 열린 시각과 넉넉한 마음을 가져야 해요. 특히 여러분이 살아갈 시대에는 더욱더 그런 열린 마음이 필요합니다.

AI도 잘하지 못하는 것이 있을까요? 앞에서 말한 것처럼 AI는 이미 나와 있는 지식을 학습하는 데는 탁월한 역량을 갖고 있어요. 사람이 따라갈 수가 없죠. 하지만 완전히 새로운 것을 생각해 내는 것, 지식과 지식을 연결하고 판 자체를 뒤집는 창의적인 생각을 해내는 것은 사람을 따라갈 수 없어요.

만약 AI가 중세 시대의 지식만을 학습한다면 태양이 지구를 돈다고 결론을 내리겠지만, 인간은 '혹시 지구가 태양 주위를 도는 것은 아닐까?' 하고 의심할 수 있지요. 하지만 이런 의심도 기존의 지식이 바탕이 되어야 가능해요. AI를 이기는 창의력은 배움에서 나옵니다.

배워서 남 주나?

古之學者爲己 今之學者爲人
고 지 학 자 위 기 금 지 학 자 위 인

예전 배우는 자들은 자기를 위했는데,

요즘 배우는 자들은 남을 위한다.

《논어》의 〈헌문(憲問)〉 편에 나오는 말이에요.

공부는 누구를 위해서 하는 것일까요? 흔히 '공부해서 남 주냐?'라는 말을 많이 합니다. 공부하는 것이 결국 자신에게 도움이 된다는 어른들의 잔소리인데, 공자도 비슷한 잔소리를 했습니다. 그런데 이 말은 그저 잔소리가 아니에요. 깊은 뜻이 있답니다.

공부에는 여러 종류가 있습니다. 앞에서 이야기한 것처럼 살아가는 데 필요한 기술을 배우는 것도 공부고, 교과서에 나오는 지식을 잘 습득하는 것도 공부입니다. 게임을 하기 위해서 공략집을 읽는 것도 공부고, 어떻게 사는 것이 올바른 것인지 턱을 괴고 앉아서 생각하는 것도 공부라고 할 수 있어요. 이 가르침에서 공자는 '누구를 위하느냐'라는 기준에 따라 공부를 구분했어요.

먼저 '爲己(위기)'라는 것은 '자기를 위한다'라는 말입니다. 자기만을 위한다고 하니까 이기적인 공부라고 생각하기 쉬운데요, 자신의 도덕성을 높이거나 마음을 닦는 데 집중하는 공부입니다. 이런 공부를 꾸준히 이어 가면 인격이 성숙한 사람이 될 수 있겠지요. 이런 공부는 하면 할수록 품격 있는 인간으로 성장하면서 주변에도 좋은 영향을 줄 수 있습니다.

　반대로 '爲人(위인)', '남을 위한다'라는 것은 공부의 목적이 내면의 성숙이 아닙니다. 다른 사람에게 알려지려고 하는 거예요. 부모님이나 선생님에게 칭찬받으려고 공부하면 어떤가요? 처음에는 칭찬받는 것에 신이 나서 어느 정도 공부를 할 수 있을지도 모릅니다. 하지만 지속하기가 힘들어요. 남과 비교해서 더 우월해지는 것, 남에게 보이기 위한 공부는 하면 할수록 내면이 공허해집니다. 결국 자기를 잃고 남에게도 도움이 되지 않을 거예요. 배운다는 것은 축복입니다. 나를 위한 배움의 시간을 즐겨 보면 어떨까요?

배우는 것만으로는 안 된다

吾嘗終日不食 終夜不寢 以思 無益 不如學也
오 상 종 일 불 식 종 야 불 침 이 사 무 익 불 여 학 야

내가 일찍이 종일 먹지도 않고, 밤새도록 자지도 않으며

《논어》의 〈위령공(衛靈公)〉 편에 나오는 말이에요.

내 생각은 없이 그저 열심히 배우기만 하는 것과 생각만 하고 배우지 않는 것, 어떤 것이 더 좋은 배움의 자세일까요? 사실 모두 올바른 배움의 자세는 아닙니다.

자기 생각은 하나도 없이 남의 견해만 받아들이면 어떤 상황이 되었을 때 스스로 판단할 힘이 없습니다. 앞에서도 말한 것처럼 남들의 견해를 외우고 정리하는 것은 AI가 더 잘할 수 있어요. 사람은 스스로 생각해서 자기만의 견해가 있어야 합니다.

하지만 자기 생각으로만 가득 차서 남들의 생각을 전혀 고려하지 않는다면 옹고집이 되기 쉽습니다. 예나 지금이나 사람의 생각은 크게 다르지 않습니다. 지금 우리가 고민하는 문제는 이미 과거의 누군가가 충분히 궁리했던 것이 많아요. 배움을 통해 그 누군가가 궁리한 과정과 결과를 참고하면 혼자 골머리를 앓는 시간을 줄일 수 있어요. 배움이 중요한 이유입니다.

배우기만 하는 것도 반쪽이고, 생각하기만 하는 것도 반쪽입니다. 배우는 것과 생각하는 것 사이에 균형을 잡아, 배우면서 생각하고 생각하면서 배운다면 더욱 지혜로워질 수 있을 거예요.

그렇다면 배울 때는 어떤 자세를 가지면 좋을까요?

博 學 而 篤 志 切 問 而 近 思
박 학 이 독 지 절 문 이 근 사

널리 배우고 뜻을 독실히 하라.

절실하게 묻고 가까운 것부터 생각하라.

《논어》의 〈자장(子張)〉 편에 나오는 말이에요. 잘 물어야 잘 배울 수 있어요. 세상에는 성공한 사람들이 있습니다. 꼭 성공까지는 아니더라도 우리가 가고 싶은 길을 이미 걸어간 사람들이 있어요. 우리는 그 사람들에게 묻고 배울 수 있어요. 예를 들어, 농구를 좋아하는 친구는 프로 농구 선수에게 물어보고 싶은 것이 있겠지요. 작가가 되고 싶은 친구는 베스트셀러 작가에게 물어보고 싶은 것이 분명히 있습니다. '그런 사람들은 바빠서 나와 이야기할 시간이 없을 거야.' 하고 아무것도 하지 않으면 아무런 일도 일어나지 않아요. 적극적으로 기회를 탐색하고 물어보아야 합니다.

절실하게 묻지 않고 대충 묻는다면 문제의식이 없는 거예요. 정말로 나의 변화와 성장을 위해 꼭 필요한 것을 물어볼 수 있어야 합니다.

격몽요결
擊蒙要訣

이이 李珥

'일타강사'를 알고 있나요? '일등 스타 강사'의 줄임말로, 유명한 대형 학원이나 온라인 강의에서 수강 신청이 가장 먼저 마감되는 인기 강사를 일컫는 말이에요. 과목별 최고 수준의 일타강사의 1년 수입액을 들으면 입이 떡 벌어질 정도입니다. 그만큼 우리나라는 교육열이 높고 공부에 관심이 많은 것이겠지요.

조선 시대에도 일타강사가 있었을까요? 지금처럼 학원이 있지는 않았지만, 학식이 높은 유명한 선비는 일타강사 못지않은 인기를 누렸습니다. 과거 시험에 합격해 나랏일을 하는 관리가 되는 것이 당시 사람들이 가장 선호하는 출세 방법이었으니까요. 과거 시험에서 1등 합격을 하는 것을 '장원 급제'라고 했는데, 장원 급제는 지금의 '수능 전국 1등', '서울대 수석 입학'이나 '최연소 고시 합격'과 같은 타이틀이었지요. 이 장원 급제를 무려 아홉 번이나 한 사람이 있었습니다. 누구일까요? 5,000원권 지폐에서 그 얼굴을 볼 수 있지요. 바로 율곡 이이입니다.

이이가 살던 시절에 조선의 선비들은 누가 자기 스승인지에 따라 무리가 나누어져 있었어요. 그런데 이이는 스승이 따로 없었어요. 굳이 말하자면 어머니인 신사임당이 스승이었답니다. 이이는 당대 최고 학자였던 퇴계 이황에 비견될 정도로 학문이 깊었어요. 앞에서 말한 것처럼 과거 시험에서 아홉 번이나 장원 급제를 해서 '구도장원공(九度壯元公)'이라고 불리기도 했어요.

이이는 단순히 공부만 잘한 선비는 아니었어요. 현실 정치에서도 올곧은 주장을 펼쳐, 행실이 바르지 않은 관리를 쫓아내기도 하고, 국방력을 강화할 방안이나 백성들의 생활을 개선하기 위한 계책을 제안하기도 했어요. 한마디로 높은 학식을 바탕으로 실천하는 지식인이었어요.

이이는 어떻게 공부를 그렇게 잘하면서도 아는 것을 실천할 수 있었을까요? 이이의 《격몽요결》을 중심으로 살펴보겠습니다.

사람이 되는 법

人 生 斯 世　非 學 問　無 以 爲 人
인 생 사 세　비 학 문　무 이 위 인

공자와 마찬가지로 이이도 배움의 중요성을 강조했어요. 이이는 올바른 사람이 되는 길이 공부라고 했어요. 여기서 말하는 공부는 시험 성적을 잘 받는 그런 공부가 아니에요. 조선 시대에는 공자에서 주자(朱子)로 이어진 유학, 특히 성리학 공부를 중요하게 생각했어요. 당시 유학자들에게 공부는 두 종류가 있었습니다. 과거 시험을 쳐서 관직에 나아가는 것을 '과업(科業)'이라고 했어요. 오늘날 학교 시험이나 대학수학능력시험을 치는 것, 자격증 공부를 하는 것과 비슷하다고 할 수 있어요. 공부에는 이런 과업 말고도 '이학(理學)' 이 있었어요. '이학'은 성리학(性理學)의 줄임말로, 내가 어떻게 살아야 하는지, 어떤 가치관을 가져야 하는지, 무엇이 올바른 것인지 고민하는 공부예요.

이이는 이 두 가지 공부를 모두 중요하다고 보았어요. 시험 공부를 잘해서 자기가 원하는 직위에 가면 할 수 있는 것이 많아져요. 나라의 정책에 대해서 뒤에서 이러쿵저러쿵 불평만 하는 사람이 되기보다는 열심히 공부해서 내가 정책을 만들고 실행하는 사람이 되는 것이 더 멋진 일 아닐까요? 그래서 이이는 과거 시험도 긍정했어요.

하지만 더 근본적인 것은 내가 살아가는 데 올바른 가치관을 세우는 거예요. 이이는 학문을 통해서 올바른 가치관을 가진 사람이 될 수 있다고 보았어요. 사람은 태어날 때부터 무엇이 옳고, 그른지 명확하게 알기 힘들어요. 어릴 때부터 부모님이나 선생님, 주변 사람들에게 어떤 행동을 해야 하고, 어떤 행동은 하면 안 되는지, 어떤 마음을 가져야 하는지, 하나하나 배우면서 깨달아 가야 해요. 올바른 사람이란 '인간으로서 어떻게 살아야 하는지' 가장 인간적으로 살아가는 방법을 체득한 사람이라고 할 수 있어요. 끊임없이 배워야 합니다.

그렇다면 공부를 제대로 하기 위해서는 무엇을 맨 먼저 해야 할까요?

뜻을 크게 세워야 큰사람이 된다

初 學 先 須 立 志 必 以 聖 人 自 期
초 학 선 수 입 지 필 이 성 인 자 기

처음 배움에 먼저 뜻을 세워 반드시 자기도
성인이 되겠다고 마음먹어야 한다.

'성인(聖人)'은 '인격과 식견이 뛰어난 덕이 있는 사람'이에요. 유가에서는 성인을 공자와 같이 인격이 성숙한 사람을 가리키는 말로 씁니다. 이이는 '나도 성인이 되겠다.'라는 생각으로 공부를 시작하라고 말합니다. 처음부터 뜻을 높게 세우라는 것이지요. 공부는 왜 하나요? 나의 길을 스스로 밝히기 위해서 하는 거예요. 공부를 하지 않아 무식하고 식견이 좁으면 아무것도 할 수가 없습니다. 공부를 해야 합니다. 세상이 어떻게 돌아가고, 인간의 보편적인 정서와 생각의 방향이 어떤지, 어떤 일이 가치 있는지 끊임없이 살피고 고민해야 합니다.

공부는 절대 남이 시켜서 하는 것이 아니에요. 내가 먼저 뜻을 세워야 해요. 학교에서 영어와 수학을 배우지만, 기꺼이 하고 싶은 사람은 많지 않을 거예요. 그런데 내가 만약 지구촌 어딘가에서 힘들게 살아가는 난민들을 돕는 국제기구에서 일하겠다는 뜻을 품었다면 어떨까요? 국제기구에서 일하려면 영어 실력을 키우는 것이 필수예요. 내 뜻을 이루기 위해 필요한 수단이 바로 영어입니다. 그러면 영어 공부를 기꺼이 하게 되지요. 남이 시켜서 단어를 외우는 것이 아니라 내가 의미 있다고 생각하는 일, 좋아하는 일을 하기 위해서 스스로 하는 것입니다. 뜻을 세우면 자잘한 어려움은 스스로 극복해 나갈 수 있어요. 그런데 신기한 것은 이렇게 스스로 뜻을 세워 공부하면 재미있어요. 다른 사람이 시켜서 하는 게 아니라 자기가 필요해서, 원해서 하는 것이기 때문이지요.

NGO
NGO
NGO
ENGLISH
영어 공부를 하는 이유
✓ 어떻게 살 것인가?
✓ 어떤 사람이 될 것인가?
✓ 어떤 일을 할 것인가?
✓ 뜻을 이루기 위해 할 일은?

여러분, 뜻을 먼저 세우세요. 지금 당장 어렵다면 세상에 어떤 가치 있는 일이 있는지 찾아보세요. 여러분도 언젠가는 당당한 사회 구성원이 됩니다. 언제까지나 부모님과 학교의 울타리 안에서만 살 수는 없어요. 성숙한 성인으로서 나의 꿈을 이루고 사회에 기여하는 일을 찾아보세요.

뜻을 세운 뒤에는 목표를 달성하기 위해 노력해야 합니다. 이때 가장 중요한 것이 무엇일까요?

할 수 없다는 생각은 하지 말 것

不 可 有 一 毫 自 小 退 託 之 念
불 가 유 일 호 자 소 퇴 탁 지 념

스스로 못한다고 물러서려는 생각을 조금이라도 품어서는 안 된다.

뜻을 이루기 위해서는 '못한다.'라는 생각은 처음부터 갖지 말아야 해요. '나는 그렇게 훌륭한 사람이 될 수 없어.', '나같이 평범한 사람은 아무것도 할 수 없어.'라는 생각으로 시작하는 사람과 그렇지 않은 사람은, 처음에는 별 차이가 없지만 시간이 지나면서 확연한 차이가 생깁니다. '못한다.'라고 섣불리 생각하지 마세요.

이 세상에 누군가가 해낸 일이라면 나도 할 수 있습니다. 책을 보면서 이런 책을 쓴 저자는 대단한 사람이고, 나는 부족하다고 생각하지 마세요. 나도 열심히 노력해서 언젠가는 책을 쓰겠다고 생각하세요. TV나 뉴스에 나오는 부러운 사람이 있다면, 그저 부러워만 하지 마세요. '내가 저런 사람이 되겠다. 나도 할 수 있다.'라고 마음먹으세요.

실패가 두려워 방어적으로 목표를 낮게 잡고 만족한 척한 적은 없나요? 스스로 한계 짓고 물러서는 것은 당장 내 몸과 마음을 편하게 해 줄 수는 있어요. 내가 하고 싶은 것을 이룬 사람을 보면서 이렇게 생각하기 쉽습니다.

'저 사람은 원래부터 천재적인 재능이 있었던 거야.'

'좋은 부모를 만나고 환경이 좋아서 저렇게 잘된 거지.'

나는 그런 소질도 없고 환경도 좋지 못해서 안 되는 거니까요. 그냥 나는 이대로 평범하게 살면 됩니다. 별다른 노력을 할 필요가 없어요. 하지만 자신이 원하는 것을 성취한 사람들을 '천재'라고 포장해 버리는 것은 그 사람의 노력을 무시하는 거예요. 천재적인 재능을 타고나고 좋은 환경에서 자란 사람이라도, 자기 분야에서 최고 수준으로 무엇인가를 성취한 사람들은 뼈를 깎는 노력을 한 경우가 대부분이니까요.

앞에서 언급한《논어》에도 이이의 말과 비슷한 말이 있어요. 〈옹야(雍也)〉 편의 말을 한번 볼까요?

力 不 足 者 中 道 而 廢 今 女 畫
역 부 족 자 중 도 이 폐 금 여 획

힘이 부족한 자는 나아가다가 중도에 그만둔다.
지금 너는 한계선을 긋고 스스로 전진하지 않는 것이다.

공자의 제자 염구가 "저는 도저히 선생님처럼 훌륭한 사람이 될 수 없습니다."라고 볼멘소리로 투덜댔어요. 공자가 보기에 염구가 참 한심한 거예요. 누구든 노력하면 자기가 생각한 이상으로 많은 것을 성취할 수 있는데, 제대로 해 보지도 않고 '저는 못하겠습니다.'라고 하니, 스승이 보기에는 참 답답했겠지요. 스스로 못하겠다고 한계선을 그으면 자기 능력이 딱 그 정도 선에서 멈추고 맙니다.

내가 가진 능력으로만 세상을 살아가려고 하면 더 이상의 능력을 계발할 수 없습니다. 인간에게는 모두 '잠재력'이 있어요. 잠재력은 '지금 당장은 드러나지 않지만, 내면에 숨어 있는 힘'이에요. 이런 잠재력은 일깨워 주지 않으면 평생 드러나지 않아요. 그냥 가능성으로만 존재하다가 사라져 버려요. 하지만 그런 '가능성'을 현실로 드러나게 하는 것이 인간의 의지입니다. 내가 마음을 먹으면,

뜻을 세우고 물러서지 않으면, 가능성에 불과했던 잠재력을 현실로 드러나게 할 수 있어요. 하지만 스스로 한계선을 그어 버리면 잠재력은 깨어날 기회를 갖지 못하고 사그라들어 버립니다. 여러분은 어떤 선택을 할 것인가요?

나쁜 습관은 단번에 잘라 버린다

必須大奮勇猛之志 如將一刀
필 수 대 분 용 맹 지 지 　여 장 일 도

快斷根株 淨洗心地 無毫髮餘脉
쾌 단 근 주 　정 세 심 지 　무 호 발 여 맥

반드시 크게 용맹한 뜻을 바탕으로, 한칼에 그 뿌리를 잘라 버려서
마음속에 터럭만큼도 그 남은 줄거리가 없도록 해야 한다.

자신을 한계 짓지 않고 높은 뜻을 세워 노력하더라도 나쁜 습성이 내 발목을 잡을 수 있어요. 해야 할 일을 제때 하지 않고 미루는 습관, 불규칙한 수면, 편식 습관, 숏폼 중독, 게임 중독 등은 내 에너지를 갉아먹는 좋지 않은 습관이에요.

이런 나쁜 습관을 없애는 방법은 무엇일까요? 그것은 한칼에

과감하게 잘라 내는 것입니다. 나쁜 습관을 조금씩 줄여 나가는 계획은 사실 현실적으로 실천하기가 쉽지 않아요. 아예 끊어 내는 것이 좋아요.

예를 들어, 게임을 하루에 3시간씩 하다가 2시간으로 줄이면, 시간 낭비를 줄일 수 있을 거라 생각할 수 있지만, 아예 게임을 그만두는 것만 못합니다. SNS를 들여다보며 의미 없이 시간을 보내는 습관도 마찬가지예요. '잠깐만 봐야지.' 하고 시작하지만, 정신을 차려 보면 2~3시간이 훌쩍 지나 있을 거예요. '견물생심(見物生心)'이라는 말이 있어요. 원래 가지고 싶은 생각이 없다가도 어떤 물건을 보면 갖고 싶은 욕심이 생긴다는 말이에요. 사람은 유혹에 약해요. 아예 보지 않고 하지 않으면 그만이지만, 조금만 하려고 하면 자기도 모르게 그것에 빠져들게 됩니다.

그러니 내가 생각할 때 나의 성장에 도움이 되지 않는, 좋지 않은 습성은 칼로 뿌리를 잘라 버리듯이 단번에 그만두어야 해요. 조금씩 그만두려는 시도는 결국 실패할 가능성이 높답니다.

② 눈앞의 세상이 진짜가 아닐 수도 있다고?

- 장자
- 걸리버 여행기

장자
莊子

장자 莊子

지원이는 가족들과 미국 여행을 다녀오는 비행기 안에서 아빠와 이야기를 나눕니다.

아빠: 이번 여행에서 어떤 게 가장 인상 깊었니?

지원: 뉴욕에서 봤던 자유의 여신상 그리고 엄청나게 많은 빌딩 숲, 끝없이 이어지는 고속도로가 인상적이었어요.

아빠: 그래, 아빠도 도시의 건물들과 넓은 벌판이 기억에 남았어.

지원: 그리고 미국 사람들은 정말 다른 사람들의 시선을 크게 신경 쓰지 않는 것 같아요. 한국에서는 사람들의 겉모습이나 행동하는 방식이 비슷한데, 미국 사람들은 다 제각각이었어요.

아빠: 맞아. 그랬던 것 같구나.

지원: 평일인데도 아침부터 도심에서 반바지만 걸치고 조깅하는 사람,

공원에서 악기를 연주하는 사람들, 점심시간에 샐러드를 먹으며 아무 곳이든 앉아서 책을 읽는 사람들, 겉모습도 다양하고 개성이 뚜렷한 것 같았어요. 화려한 도시와 자연 그리고 자유로운 사람들의 모습을 보면서 제가 우물 안 개구리가 아닐까 싶었어요.

여행을 좋아하나요? 왜 좋아하나요? 사람들이 여행을 좋아하는 이유는 다양합니다. 여행을 가면 새로운 음식을 먹을 수 있어요. 평소 보지 못하던 새로운 구경거리도 많고, 낯선 경험도 할 수 있어요. 이렇게 '여행' 하면 떠오르는 것은 '새로움', '낯섦'입니다. 이렇게 새롭고 낯선 것을 체험하면서 그간 내가 익숙하게 경험하던 것만이 세상의 전부가 아님을 깨달을 수 있습니다. 그리고 새로운 자극을 받을 수 있어요. 내가 알던 것만이 '참'이라는 생각을 내려놓고, 알지 못했던 넓은 세상의 다양함에 겸손한 마음을 갖게 돼요. 한마디로 관점을 전환할 수 있습니다.

새로운 세상이 주는 충격

새로운 관점으로 세상 바라보기를 실천한 대표적인 사상가가 '장자(莊子)'입니다. 그의 저술로 알려진 《장자》에는 재미있는 우화로 세상을 비틀어 보는 이야기가 많이 나와요.

우물 안 개구리가 동해의 자라에게 말했다.
"나는 즐거워! 한 번 뛰면 우물 난간에 오르기도 하고
우물 벽돌이 빠진 구멍에 들어가 쉬기도 하지.
장구벌레와 게와 올챙이를 봐도 내 능력을 따라올 자가 없어.
한 구덩이 속 물을 내 마음대로 할 수 있고
우물의 즐거움을 독차지하지."

우물 안에 살고 있는 개구리에게는 우물이 모두 자기 것입니다. 자기가 사는 그 우물이 세상의 전부입니다. 그 속에서 제 마음껏 폴짝폴짝 뛰어다니고, 우물에 다른 개구리나 천적이 들어오지 않는 한 우물 안의 모든 걸 가질 수 있어요. 우물 안에는 자기보다 더 뛰어난 존재가 없습니다. 얼마나 편하고 행복하겠어요? 기쁜 마음에 개구리는 동쪽 바다에서 온 자라에게 자랑하고 있습니다. 이 말을 들은 자라는 뭐라고 했을까요?

자라는 개구리에게 바다 이야기를 해 주었다.
"바다는 천 리보다 넓어 그 크기를 잴 수 없고
천 길 높이로도 그 깊이에 다다를 수 없지.
우임금 시절 아홉 번의 홍수에도 물이 불어나지 않았고,
탕임금 때 8년 가뭄에도 물기슭이 줄어들지 않았지.
시간이 길고 짧음에 따라 변하지 않고 양이 많고 적음에 따라

바다를 경험한 자라의 눈에 개구리는 어떻게 보였을까요? 세 살 먹은 조카가 나에게 자기가 가진 로봇 장난감을 보여 주며 “이 장난감이 세상에서 제일 크고 비싼 거야.”라고 말한다면 어떤 생각이 드나요? 부럽거나 화가 날까요? 그냥 귀엽게 느껴질 거예요. 우리는 그 장난감보다 더 멋지고 좋은 것이 많이 있음을 알고 있기 때문이지요.

바다를 헤엄치다 온 자라에게 마치 우물만이 세상 전부인 양 자랑하는 개구리는 애송이에 지나지 않습니다. 바다는 우물을 한 번에 집어삼켜 버릴 홍수나 물 한 방울 남기지 않고 말려 버릴 가뭄에도 변하지 않을 만큼 거대하죠. 개구리로서는 상상조차 할 수 없으니, 뇌가 고장 나 버릴 만합니다.

《장자》에서 새로운 관점을 얻을 수 있는 다른 이야기를 한번 볼까요?

물론 곤이나 붕은 상상 속의 존재입니다. 우물 속에만 있던 개구리가 곤이나 붕 같은 엄청난 존재를 만난다면 숨도 못 쉬지 않을까요? 곤과 붕은 얼마나 큰 걸까요? 10리가 대략 4킬로미터이니, 3천 리라고 하면 400킬로미터입니다. 서울에서 부산까지 거리가 400킬로미터 쯤 돼요. 그런데 몇천 리나 되는 물고기? 거의 한반도의 크기와 같은 물고기, 그리고 그것이 변한 거대한 새 붕. 상상조차 하기 어려운 이야기예요. 우물 안에만 갇혀 있는 개구리에게는 듣기만 해도 어질어질한 이야기입니다.

보통 사람들이 이런 새롭고 낯선 이야기를 들으면 어떤 반응을 할까요? 대다수의 사람은 콧방귀를 뀌며 무시합니다. 일반적인 반응이죠. 그런데 어떤 사람들은 '그럴 수도 있는 것 아닌가?'라고 생각하면서 고개를 갸우뚱합니다. 처음에는 호기심에 좀 더 물어보기도 하지만, 결국 자기의 상식과 다르다는 것을 알면 슬그머니 더이상 알아보기를 그만둡니다. 하지만 열린 마음을 가진 극소수의 사람은 신선한 충격을 받습니다. '아니, 이렇게 생각할 수도 있는 건가?'라고 자극을 받는 것이지요.

《장자》에는 이 거대한 '대붕'을 보며 비웃는 매미와 텃새의 이야기가 나옵니다.

매미의 한살이에 대해 들어 본 적이 있나요? 매미는 유충인 굼벵이 상태로 구 년 가까이 지냅니다. 그리고 마침내 성충이 되면 한 달 정도 뜨겁게 살다가 죽음을 맞이해요. 매미에게는 길게 생각할 시간이 없어요. 짧은 삶에서 빨리 짝짓기하고 후손을 남겨야 합니다. 시간적인 측면에서 긴 시간을 인지하지 못하는 존재입니다. 텃새는 철마다 장소를 옮기며 살아가는 철새와는 달리, 터를 딱 잡고 살아가는 새입니다. 여행을 다니지 않는 새입니다. 자기가 사는 곳이 최고인 우물 안 개구리와 같이 넓은 공간을 인지하지 못하는 존재라고 할 수 있어요.

호흡이 긴 삶을 생각할 시간이 주어지지 않는 매미와 자기 영역

만을 굳게 지키며 경험이 제한적인 텃새. 시간과 공간의 한계에 갇혀 있는 이런 존재들은 대붕을 도저히 이해할 수가 없습니다. 하루하루 먹고사는 데는 그렇게 많은 기술이 필요하지 않아요. 그저 저기 눈앞에 보이는 나무까지만 날아가면 그만입니다. 그런데 왜 대붕이라는 녀석은 굳이 구만 리 창공을 날아오를까요? 매미와 텃새에게 대붕은 비웃음의 대상에 불과합니다. 매미와 텃새는 대붕의 뜻을 이해할 수 있을까요? 아마 백 번을 더 태어나 살아도 알아차리기 힘들 거예요. 인식과 관점의 한계는 존재를 작아지게 합니다.

**작은 지혜는 큰 지혜에 미치지 못하고,
어린아이는 어른의 지혜에 미치지 못한다.**

길어야 보름 정도 사는 하루살이와 같은 곤충은 한 달, 두 달 뒤의 일을 알지 못합니다. 기껏해야 한 달 정도를 사는 매미도 여름이라는 계절만 알지 다른 계절을 알 수 없겠지요. 텃새가 관점을 바꾸지 않고, 자기 경험을 확장하지 않고 계속 사는 곳에만 머무른다면, 결코 대붕의 세계를 알 수 없습니다. 우리의 관점이 제한되면 마치 보지 못하거나 듣지 못하는 사람과 같습니다. 자기 생각이라는 우물을 벗어나지 못하면 높은 의식 수준을 가진 사람과는 대화를 나누는 것조차 힘들 수 있어요.

나를 벗어나라

관점은 어떻게 변화시킬 수 있을까요? 답답한 생각에서 벗어나 자유롭게 훨훨 날아다니려면 어떻게 하면 좋을까요? 그냥 여행을 많이 다니면 될까요? 그렇게 단순하지는 않습니다.《장자》에 나오는 다른 이야기를 한번 살펴볼까요?

스승이 책상에 기대어 앉아 있었다.
그는 하늘을 우러러 숨 쉬며, 멍하니 몸을 잊은 듯했다.
제자는 스승 앞에 시중들며 서 있다가 물었다.
"어쩐 일인지요? 스승님의 몸이 꼭 마른 고목 같고 마음은 꼭 죽은 재처럼 하고 계시니 말입니다. 오늘 탁자에 기대고 앉은 스승님은 어제 그분이 아닌 것 같습니다."
스승이 말했다.
"너는 현명하게 그것을 질문하는구나.
지금 나는 나를 죽였다(吾喪我). 너는 그것을 아느냐?"

제자가 스승 앞에 서 있습니다. 어제도 마찬가지로 스승의 시중을 들었습니다. 그런데 오늘 스승의 모습은 어제와 완전히 다른 느낌입니다. 스승의 몸이 마치 말라 버린 고목 같은 거예요. 그리고 마음 또한 죽은 재처럼 변했다고 느꼈습니다. 껍데기는 분명히 어제와 같은 스승인데, 살아 있지 않은 것 같은 낯선 모습입니다. 제자는 당황했겠지요? 그래서 스승에게 말합니다. "어제의 스승님이 아닌 것 같습니다."라고 말이지요. 그렇게 말하는 제자를 스승은 칭찬합니다. 현명하게도 그것을 알아보고 제대로 질문을 던졌다고 말입니다. 그리고 스승이 이렇게 덧붙입니다. "내가 나를 죽였다."라고.

'내'가 '나'를 죽였다는 말이 무슨 뜻일까요? 나는 나일 뿐인데, 어떤 내가 어떤 나를 죽였다는 말일까요? 이런 고전을 읽을 때는 번역문만 보아서는 그 뜻을 알기 힘들어요. 한자를 살펴보아야 합니다.

'吾喪我(오상아)'.

이 문장에서 '오(吾)'는 '참된 자아, 고정관념과 투쟁하는 나, 절대적인 도(道)의 관점에서의 나'라고 할 수 있어요. 조금 어렵지만, 갓 태어났을 때의 나를 생각하면 됩니다. 세상의 이런저런 고정관념에 물들기 전의 원래 나라고 할 수 있어요.

'상(喪)'은 '죽이는 것, 장사 지내는 것'을 뜻하는 말이에요. 한마디로 소멸시켜 버리는 거예요. 무엇을? 뒤에 나오는 '아(我)'를 죽이는 것입니다. '아(我)'를 죽이는 이 과정이 중요해요. 관점을 바꾸는 것이 바로 '상(喪)'의 과정이에요.

'아(我)'는 '세상이 강요하는 힘이나 고정관념에 갇혀 있는 나'입니다. "눈에는 눈, 이에는 이"라는 말을 들어 봤을 거예요. 남이 나에게 한 것을 똑같이 그대로 갚아 주어야 한다는 말입니다. 어떤 사람들은 조금이라도 손해 보지 않고 남에게 당한 대로 복수합니다. 이렇게 살면 행복할까요? 이런 복수심은 '남을 해치면서 내가 잘될 수 있다'라는 생각에서 비롯된 것입니다. 이런 생각은 정상일까요? 21세기가 된 지금에도 지구상에 전쟁이 사라지지 않고 있어요. 복수심, 남을 해치고 내가 잘될 수 있다는 생각 때문에 그런 것은 아닐까요? 어린아이와 같은 순수한 마음으로 돌아간다면 비극적인 전쟁은 사라질 수 있지 않을까요?

'상(喪)'은 어린아이와 같은 순수함, 본래의 나로 돌아가기 위해 노력하는 과정이에요. 이런 노력은 익숙한 우물에 머물러 있어서는 불가능합니다. 이런 익숙함에서 벗어나야 해요. 낯섦과 만나면서 새로운 관점을 가지려고 노력하는 것이 중요합니다. 남의 말만 믿는 익숙함, 힘과 권위에 굴복하는 익숙함에서 벗어나지 못하면 새로운 관점을 얻기 힘듭니다.

장자가 말한 대붕은 구만 리 상공으로 날아오를 때 그냥 편하게 나는 것이 아닙니다. '폭풍을 타고(搏扶搖)' 올라갑니다. '박(搏)'은 '쥐다, 잡다, 취하다'라는 뜻이에요. '부요(扶搖)'는 '폭풍, 회오리바람'을 가리킵니다. 대붕에게 폭풍은 기회예요. 폭풍을 타고 날아올라요. 폭풍은 편안한 것인가요? 불편한 것인가요? 폭풍 속에서 편할

리가 없겠죠? 불편한 것입니다. 제대로 정신 차리지 않으면 휩쓸려 버릴지 모르는 위기와 시련이에요. 기존의 상식이 통하지 않는 상황입니다.

대붕이 폭풍을 이용해 날아오르듯이, 평상시의 편안함을 버리고 새로운 환경에 자신을 노출해서 세상을 보는 관점을 바꾸려고 노력한다면, 나도 날아오를 수 있습니다. 지금까지와는 다른 존재가 되는 것입니다.

여러분이 살아가야 할 세상은 많은 변화가 있을 것입니다. 예측하기가 쉽지 않아요. 그러니 우물 안 개구리를 벗어나 다양한 관점으로 세상을 바라볼 수 있었으면 좋겠습니다. 변화하는 세상에서 중심을 잡으려면 우물 안을 벗어나려는 노력, 그리고 나만의 관점이 필요합니다.《장자》에 나오는 대붕처럼 넓은 창공을 날아오르는 여러분이 되기를 바랍니다.

걸리버 여행기
Gulliver's Travels

조너선 스위프트 Jonathan Swift

바퀴벌레를 좋아하나요? 아마 사람들 대다수는 바퀴벌레를 싫어할 것 같아요. 저도 마찬가지예요. 대학생 시절 자취방을 구하려고 이 집 저 집을 소개받아 구경하다가 깜짝 놀란 일이 있습니다. 어느 집에 들어가서 방문을 열었는데 바퀴벌레가 갑자기 날아올라 제 얼굴로 돌진했어요. 그전에는 바퀴벌레를 봐도 별다른 생각이 없었어요. 그런데 그때 얼마나 놀랐던지, 이후로 바퀴벌레를 보면 그 기억이 떠올라 징그럽다는 생각에 피하고 있습니다.

제 가족도 다들 바퀴벌레를 무서워하는 편이라 집에서 바퀴벌레가 나오면 난리가 납니다. 물론 그 바퀴벌레를 처리하는 건 제 몫이지요. 바퀴벌레를 보면 사람들이 놀라서 소리를 지르는데, 만약 바퀴벌레에게도 생각과 감정이 있다면 그 상황을 어떻게 느낄까요? 자기보다 수백 배는 커다란 거인들이 쿵쿵거리면서 야단법

석을 피웁니다. 거인들이 천둥 같은 고함을 지릅니다. 거인 여럿이 몰려와 자기를 잡으려고 집요한 공격이 이어집니다. 바퀴벌레는 공포에 휩싸이겠죠? 인간과 바퀴벌레의 조우는 이렇게 서로에게 무서운 사건입니다. 사람들만 놀라고 바퀴벌레는 태연한 게 아닙니다. 서로에게 비극이지요.

인간 vs 바퀴벌레, 누가 더 무서울까?

이렇게 시선을 바꾸어 보면 세상은 새롭게 보입니다. 시선을 바꾼다는 것은 바라보는 위치를 바꾸는 것입니다. 위치를 바꾸어 봐야 해요. 지금 내가 서 있는 곳이 아닌 다른 편에 서 보는 것입니다. 내가 아닌 다른 존재의 시선으로 나를 바라보는 거예요. 그런 연습을 해 보면 다양한 시각으로 세상을 볼 수 있습니다. 편견에 빠지지 않고 머리를 말랑말랑하게 할 수 있어요.

그런데 그렇게 상상하는 것이 쉽지 않습니다. 우리는 보통 지금 내가 살아가는 방식, 바라보는 방식에 의문을 제기할 틈이 없습니다. 지금 갖고 있는 시선으로 살아가는 것에 익숙해져 있어요. 그런 경험을 간접적으로 해 볼 수 있게 도와주는 고전 중 하나가《걸리버 여행기》입니다.《걸리버 여행기》는 어렸을 적 동화책이나 이야기로 한두 번쯤은 들어 보았을 거예요.《걸리버 여행기》는 어린이 대상으로 쓰여진 책이 아니에요. 작가인 조너선 스위프트가 당시 영국의 불합리한 상황을 고발하는 풍자 소설입니다. 그 배경을 알고 보면 심오한 깨달음을 주는 책이지요.《걸리버 여행기》를 통해 시선을 바꿔 바라보는 연습을 해 볼까요?

내가 모르는 다른 세상이 있을지도

《걸리버 여행기》는 총 4부로 구성되어 있어요. 걸리버라는 영국인이 항해하다가 표류해 영국과는 전혀 다른 새로운 세계를 여행하는 이야기예요. 1부는 소인국인 릴리퍼트, 2부는 거인국인 브롭딩낵, 3부는 하늘을 떠다니는 섬 라퓨타, 4부는 인간보다 이성적인 말들이 지배하는 후이늠을 방문하는 내용입니다.

1부에서 걸리버는 보통 인간의 12분의 1 정도 몸집의 소인들이 살고 있는 곳에 표류합니다. 소인들이 볼 때 보통 인간의 열두 배나 되는 걸리버는 엄청나게 강력한 존재입니다. 어지간한 무기로는 상처조차 내기 힘들고, 혼자서도 이웃 나라와 전쟁을 승리로 이끌 수 있을 만큼 강한 힘을 지닌 절대적인 존재입니다. 걸리버는 처음에는 자기 힘을 이용해서 릴리퍼트가 이웃 나라에 빼앗긴 배를 찾아 주며 소인들의 신임을 얻지요. 하지만 왕궁에 일어난 화재를 소변으로 진압하면서 일부 소인들의 미움을 받습니다. 그의 소변으로 불을 꺼서 목숨을 건졌지만, 여기저기 지린내가 진동하게 되었기 때문이에요. 물에 빠진 사람을 살려 줬는데 보따리를 내놓으라는 격이지요. 그들은 크기만 작을 뿐, 인간이 가진 모순을 모두 갖고 있습니다.

왜 싸웠더라?

지금 황제의 할아버지가 어릴 적 달걀을 먹으려
넓적한 부분을 깨다가 한 손가락을 베였다.
황제는 모든 백성에게 달걀을 뾰족한 쪽으로 깨도록
칙령을 내렸다. 그리고 이에 따르지 않으면 벌을 내렸다.
분노한 백성들은 여섯 번의 반란을 일으켰다.

걸리버가 도착한 소인국 릴리퍼트는 또 다른 소인국인 블레푸스쿠와 전쟁 중이었어요. 원래는 한 나라였는데 두 개의 나라로 쪼개진 것입니다. 그런데 이 두 나라가 분열하고 끊임없이 전쟁이 이어지는 이유가 황당합니다. '달걀을 어느 방향으로 깰 것인가?'라는 어처구니없는 이유였지요.

작가가 살던 당시 영국에서는 토리당과 휘그당의 정치적인 갈

등과 구교와 신교 간의 종교적인 갈등이 심했어요. 작가는 그런 분쟁이 마치 달걀을 어느 방향으로 깨서 먹을 것인지와 같이 아주 사소한 것에서 시작된다고 생각했어요.

"네가 먼저 그랬잖아."

"아니야, 네가 먼저 그랬잖아."

"네가 한 대 때렸으니까 나도 한 대 때릴 거야."

"네가 더 아프게 때렸으니까, 네가 한 대 더 맞아야 해."

아이들끼리 다투는 것을 보면 재미있습니다. 한쪽이 먼저 시작한 싸움을 다른 쪽에서 멈추면 되는데, 끝도 없이 옥신각신하다가 어느 한 아이가 울면서 끝나는 경우가 많습니다. 그런데 어른들의 싸움, 국가 간의 싸움도 마찬가지입니다. 별것 아닌 이유로 시작한 싸움이 끝도 없이 이어집니다. 잠깐 휴전을 하기도 하지만, 궁극적으로 문제가 해결되지는 않습니다. 서로의 원한이 쌓이고 쌓여 나중에는 해결의 실마리조차 잡을 수 없는 상태가 됩니다.

너도 한번 당해 봐라

하루에 열두 번 관중 앞에 볼거리로 나섰으며,
바보 같은 짓을 반복했다. 공연이 끝날 즈음에는

    2부는 걸리버가 거인국 브롭딩낵을 여행하는 이야기예요. 소인국에서는 걸리버가 거인의 시선으로 아옹다옹하는 소인국 사람들을 내려다보았어요. 하지만 거인국에서 그는 살아남기 위해 곤충 따위와도 사투를 벌여야 하는 나약한 존재가 되고 맙니다. 그리고 거인들 앞에서 공연을 반복하며 피로를 느낍니다. 소인국에서는 강력한 존재로 추앙받았지만, 거인들에게는 철저하게 무시당합니다. 이렇게 2부는 소인국에서 거인국으로 이동한 걸리버가 소인의 입장에서 세상을 바라보는 이야기예요.

    걸리버는 나름대로 자부심이 있는 인물이에요. 당시 문명국으로 자부하는 영국의 국민이었고, 의사라는 번듯한 직업도 갖고 있었습니다. 하지만 거인국에서 걸리버는 광대나 노리갯감에 불과했어요. 사람이 아닌 동물이나 장난감 취급을 받습니다. 걸리버는 거인들 사이에서 인간다움이나 명예를 지키려는 노력은 헛된 것임을 알게 됩니다.

    걸리버의 자존감이 무너져 내렸어요. 걸리버가 아무리 노력해도

거인들은 인정해 주지 않았습니다. 걸리버는 자신을 잃고 거인들이 자기를 바라보는 시선을 받아들이고 맙니다. 거인들의 눈으로 보면 자신은 약하고 그저 장난감 같은 존재일 뿐, 아무것도 아니었어요. 그러자 그는 정체성의 혼란을 느끼게 됩니다. 자신이 너무 초라해 보여, 거울을 볼 수 없을 정도로 자신을 부정하게 됩니다.

새로운 경험을 한다는 것, 관점을 바꾼다는 것은 분명히 나를 다르게 바라볼 좋은 기회입니다. 하지만 내 주관이 바로 서 있지 않거나 외부의 시선 때문에 자존감이 무너져 버린다면, 오히려 혼란에 빠질 수도 있어요. 그래서 다양성을 체험하고 온전히 받아들이기 위해서는 자기만의 관점을 갖는 것이 중요합니다. 추락해도 버텨 낼 힘을 갖고 있어야 합니다.

소통 불능, 공감력 제로, 대문자 T들의 나라

라퓨타 사람들은 항상 생각에 잠겨 있어서
절벽에서 떨어지거나, 기둥에 머리를 박거나,
혹은 거리에서 다른 사람과 부딪치거나,
하수구에 빠져 버릴 위험이 매우 컸다.
그들은 너무 추상적이고, 사색에만 몰두했기 때문에
내가 만난 사람들 중 가장 재미없는 사람들이었다.

소인국과 거인국에서 영국으로 돌아온 걸리버는 다시 여행을 떠나고, 하늘에 떠다니는 섬나라 라퓨타를 방문하게 됩니다. 라퓨타 사람들은 세상 재미없는 사람들이에요. 그들은 과학에만 깊이 빠져 있어요. 예를 늘어, '태양이 언젠가는 소멸하게 될 텐데, 어떻게 하지?'와 같은 문제에 지나치게 빠져 있습니다. 그 결과 그들은 눈앞에 있는 돌부리를 보지 못하고 걸려 넘어집니다. 그들에게는 다른 사람과 공감하는 인간의 기본적인 능력도 거의 없어요. 자기 생각에만 빠져 있고, 매우 이기적입니다. 그들은 지상의 도시를 식민지로 지배하면서 살아갑니다. 자기들은 충분한 자원과 물자를 누리며 살지만, 자기들이 지배하는 식민지 사람들의 고통에 대해서는 잘 알지 못합니다.

자기만의 좁은 세계에 갇혀 있으면 아무것도 할 수 없어요. 세상에 도움이 되는 존재가 될 수 없습니다. 과학자가 '나는 과학을 연구하는 사람이지, 가치 문제는 내 일이 아니다.'라고 생각한다면, 과학 기술 발달의 이면에 수많은 윤리적인 문제가 생겨납니다.

예를 들어 볼까요? 유전자 조작을 통한 인간 복제는 어디까지 허용할 수 있을까요? 많은 사람을 죽음에 이르게 하는 대량 살상 무기 개발은 그대로 두어도 될까요? 환경 오염을 고려하지 않고 인간의 편리함만을 위한 기술 개발은 어느 정도까지 규제해야 할까요? 챗지피티와 같은 인공 지능에게 고유한 저작권이 있는 자료를 학습시켜도 되는 것일까요? 죽은 사람의 목소리를 활용해 음원을 만들어도 되는 것일까요?

라퓨타인들의 모습 속에서 편협한 세계에 갇힌 반쪽짜리 인간의 문제점에 대해 생각해 볼 수 있습니다.

인간이 이성적이라는 착각

정부, 법과 같은 제도는 명백하게 이성의 엄청난 결함,
그리고 그로 인한 우리의 도덕적 결함에서 비롯된 것이다.
이성은 그 자체로 이성적 존재를 충분히 다스릴 수 있기 때문이다.

걸리버는 마지막으로 후이늠에 가게 됩니다. 후이늠에서는 인간과 말의 위치가 바뀌어 있어요. 자동차가 나오기 전에 사람들은 주로 말이 끄는 마차를 타고 이동했어요. 그런데 후이늠에서는 사람이 말 대신 마차를 끕니다. 그리고 마차에는 말이 사람처럼 앉아 있습니다. 말이 사람이 되고, 사람이 말이 되었어요. 앞에서 바퀴벌레의 관점에서 사람을 만난 상황을 생각해 보자고 했지요? 후이늠에서는 짐승과 인간의 위치가 완전히 뒤집어져 있습니다. 완전한 관점의 전환입니다.

후이늠의 말은 인간보다 훨씬 더 이성적입니다. 말들은 완벽한

이성을 바탕으로 불필요한 토론이나 논쟁 없이도 세상의 본질과 진실을 직관적으로 잘 알고 있습니다. 말들은 완전하지 않은 인간의 이성으로 만들어진 영국이라는 나라보다 훨씬 더 합리적으로 그들의 나라를 운영하고 있습니다. 후이늠의 말들은 '악'이나 '병'과 같은 개념 자체를 생각하지 않습니다. 불필요한 욕망에도 빠지지 않습니다.

말들이 볼 때 인간의 이성은 불완전합니다. 그러니 인간들은 도덕성도 불완전하고, 그들이 만든 제도도 불완전합니다. 우리가 사는 세상은 완전히 이성적일까요? 하나하나 뜯어 보면 불합리한 것이 정말 많습니다. 지구상에서 생산되는 식량은 전 인류를 먹여 살리기에 충분한데 아직도 배고픔으로 고통받는 사람들이 많습니다. 전쟁이 일어나면 분명히 인류 전체적으로는 불이익인데, 여전히 사람들은 서로를 죽이고, 자기만 잘되려고 전쟁을 일으킵니다. 남극에서 내리는 눈에까지 미세 플라스틱이 섞여 있는데도 사람들은 편리함 때문에 플라스틱을 엄청나게 소비하고 있습니다.

비정상적인 사람 속에 나 있다

《걸리버 여행기》는 '정상적인' 걸리버가 '비정상적으로 보이는'

소인국, 거인국, 라퓨타, 후이늠이라는 상상의 나라를 방문하는 이야기입니다. 관점의 전환이 계속돼요. 소인국과 거인국 방문은 우리가 당연하다고 생각하는 인간의 크기를 비틀어 봅니다. 라퓨타와 후이늠에서는 우리가 숭배하는 '과학'이나 '이성'에 대해 의심해요. 의심해야 새로운 것이 보입니다. 새로운 것을 볼 수 있는 힘을 길러야 나만의 철학을 세울 수 있어요.

나만의 철학은 외부의 권위에 의존하지 않는 습관에서 생겨납니다. 당연하다고 생각하던 것들을 삐딱하게 바라보는 것을 연습해 보세요. 그러면서 지금 내가 믿고 있는 것들을 검증해 보아야 내가 아는 것, 믿는 것이 더욱 단단해진답니다.

3

내가 만드는
나만의 삶

- 갈매기의 꿈
- 데미안

갈매기의 꿈
Jonathan Livingston Seagull

리처드 바크 Richard Bach

지원이는 명절에 할머니 댁에 갔어요.

할머니: 우리 지원이는 커서 뭘 하고 싶으냐?

지원: 아직 제가 하고 싶은 게 뭔지 모르겠어요.

할머니: 할머니는 우리 지원이가 그저 남들처럼 평범하게 직장에 들어가서 결혼하고 자식 낳아 자리 잡고 잘 살면 좋겠구나.

지원: 할머니, 그런데 꼭 월급 받으면서 직장에 다녀야 해요? 저는 좀 갑갑할 것 같아요.

할머니: 아이고, 그게 무슨 말이냐. 꼬박꼬박 월급 나오는 게 얼마나 좋은 건데. 안정된 직장을 잡아야 사람 구실을 하는 거야. 다들 그렇게 살지 않니?

지원: 저는 잘 모르겠어요. 남들이 한다고 다 좋은 건 아니잖아요.

우리는 종종 어른들에게 '남들처럼', '평범하게' 사는 것이 좋다는 말을 듣곤 합니다. 많은 사람이 가는 길에는 그 나름의 이유가 있습니다. 그만큼 검증되고 안정적인 길입니다. 하지만 그게 꼭 나와 맞는 것인지는 누구도 알 수 없습니다. 스스로 체험하면서 검증해 보아야 하지 않을까요?

리처드 바크의 《갈매기의 꿈》에는 평범함을 거부한 갈매기 조나단이 주인공으로 등장합니다. 자기가 가진 의식의 한계를 극복하고, 진정한 자유를 꿈꾸는 갈매기 조나단의 모습에서 '어떻게 삶을 살아야 하는가?'에 대한 답을 찾을 수 있어요.

내가 살아가는 이유는 무엇인가?

아침 해가 떠오릅니다. 낚싯배에서는 본격적인 낚시 전에 밑밥을 뿌립니다. 물고기를 유인하기 위한 거예요. 그런데 천 마리쯤 되는 갈매기가 그 밑밥을 얻어먹기 위해 달려듭니다. 치열한 하루가 시작됩니다. 다른 갈매기를 밀어내고 좋은 자리를 차지하지 않으면 먹이를 충분히 먹을 수 없습니다. 낚싯배에서 뿌리는 밑밥의 양은 정해져 있으니까요. 열심히 경쟁자들을 밀쳐 내야 배부르게 먹을 수 있습니다. 매일 반복되는 갈매기들의 일상이에요.

그런데 만약 날씨가 좋지 않아 낚싯배가 오지 않는다면 어떻게 될까요? 먹을 것 자체가 사라집니다. 밑밥을 뿌려 줄 낚싯배가 올지 안 올지는 갈매기들이 알 수 없습니다. 선장이 몸이 좋지 않아 배를 띄우지 않거나, 다른 바다로 갈 수도 있어요. 갈매기들의 바람과는 전혀 상관없이 말이에요. 천 마리의 평범한 갈매기는 다른 사람에게 의존하는 삶을 살아가고 있습니다. 그렇게 남에게 의존해서 살면 자유로울 수 없습니다. 순간순간의 삶을 스스로 결정할 수 없는 거죠. 다른 이에게 나의 자유와 행복을 결정하는 권리를 넘겨준 것입니다. 자유는 삶의 주도권을 자기가 갖고 있을 때 느낄 수 있는 것입니다.

대다수 갈매기에게 중요한 것은 비행이 아니라 먹이였다.
하지만 조나단에게 중요한 것은 먹이가 아니라 비행이었다.

천 마리의 갈매기 무리를 벗어난 갈매기가 있습니다. 조나단이라는 이름을 가진 이 갈매기는 남들이 먹이를 얻으려고 서로 싸울 때 비행을 연습해요. 굳이 갈매기에게 필요하지 않은 비행술이에요. 조나단은 다양한 비행 원리를 깨닫고 살아갈 이유를 찾습니다. 한 존재가 살아갈 이유가 오직 '먹이'뿐이라면 그 삶은 비루해요. 먹이를 뛰어넘는 자기의 소명을 스스로 찾아야 합니다.

먹이나 힘을 추구하는 것을 뛰어넘는 '그 무엇'이 있다는 것을 아는 사람은 살아가는 방식이 다릅니다. 먹이나 이익 앞에 무릎 꿇지 않습니다. 쉽게 비굴해지지 않고, 스스로 인정할 수 없는 권위에는 저항합니다. 우리가 익히 알고 있는 위대한 인물들을 떠올려 보세요. 이순신, 넬슨 만델라, 에이브러햄 링컨, 공자 등 역사적으로 위대한 업적을 이룬 인물들은 먹이 때문에 남에게 고개 숙이지 않았습니다. 자기가 가치 있다고 생각한 일에 헌신했습니다. 그저 먹고사는 것 외에 자기 삶의 소명을 찾고 그것을 잘 해내기 위해서 헌신적으로 노력하는 삶은 깊이가 있습니다. 스스로 만족스러울 뿐만 아니라, 남들에게도 감동을 줄 수 있어요.

저항을 이겨 내야 날아오른다

아버지 말씀이 맞았어. 이 엉뚱한 짓은 그만둬야 해.
집으로, 갈매기 무리로 날아가서 이대로 만족하면서 살아야 해.
한계가 많은 처량한 갈매기로.

평범함을 거부하고 자기만의 길을 가려고 하면 많은 저항을 마주합니다. 가까운 사람들의 저항, 자기 스스로 만들어 내는 저항 그리고 환경적인 저항이 있어요.

“중간만 가면 된다. 송충이는 솔잎을 먹고 살아야지.”

새로운 일에 도전하려고 할 때 가까운 사람들의 이런 ‘현실적인’ 충고와 조언에 힘이 빠질 수 있습니다. 주변 사람들이 걱정스러운 마음에서 해 주는 조언은 잘 경청하고 필요한 부분만 받아들이면 됩니다. 감사한 마음도 전하세요. 내 뜻을 다 이해시키려고, 설득하려고 너무 애쓰지 않아도 됩니다. 하고자 하는 일을 이루고 결과로 보여 주면 됩니다.

‘나는 안 될 것 같아.’

‘괜한 짓을 하는 건 아닐까?’

다른 사람들의 저항보다 더 이겨 내기 힘든 것이 자기가 스스로 만들어 내는 저항이에요. 이것이 가장 무섭습니다. 스스로 안 된다고 생각하는데 이루어지는 일이 있을까요? 먼저 자신감을 가져야 합니다. 왠지 모를 끌림이 있는 일이라면 의심하지 않고 해 봐야 합니다. 그 일이 이루어질지, 실패할지는 아무도 알 수 없습니다. 그 누구도 답을 줄 수 없습니다. 어떤 사람도 나와 똑같은 위치에서 내가 하려고 하는 일을 해 본 적이 없습니다. 그러니 내가 해서 성공하면 됩니다.

자기 스스로 한계를 정하지만 않으면 해낼 수 있습니다. ‘나는 이 정도밖에 안 되는 존재다.’라는 한계는 상상으로 만들어 낸 허상이에요. 그런 허상은 내 잠재력을 갉아먹습니다. 잠재력은 내가 생각하는 그대로 계발됩니다. 자신을 믿고 해 나가면 환경적인 저항도 어지간한 것은 거뜬히 이겨 낼 수 있습니다.

저항이 나쁘기만 한 것이 아닙니다. 저항은 날아오르기 위한 필수 조건이라고 할 수 있어요. 자동차가 출발하려면 무엇이 필요한가요? 도로와 바퀴 사이의 마찰력이 필요합니다. 비행기가 하늘로 날아오를 때도 마찬가지입니다. 공기의 저항이 필요해요. 공기가 없는 우주에서는 비행기가 날 수 없지요. 공기가 있어도 비행기가 속도를 내어 이륙하지 않으면 날 수 없습니다. 비행기 자체의 쓰임대로 활용되지 못하는 것입니다. 속도를 확 올리고 공기의 저항을 활용하면 하늘로 날아오를 수 있어요. 앞에서 살펴본《장자》에서 대붕이 폭풍을 활용하듯이 말이에요. 이렇게 보면 저항은 더 높이 날아오르기 위한 필수 조건입니다.

날아오르려면 인내심이 필요하다

해가 뜰 무렵까지 조나단은 연습하고 또 연습했다.

날아오르기 위해서는 고독의 시간을 이겨 내는 힘이 필요합니다. 인내심, 뚝심이 필요해요. 진짜 자신의 길을 가기 위해서는 옆을 돌아보면 안 됩니다. 사실 정말로 집중해야 할 때는 그럴 시간도 에너지도 없습니다. 죽기 살기로 연습하고 자기를 갈고닦는 시간이 필요합니다. 이것은 어느 분야나 마찬가지입니다.

세계적인 프로 농구 선수들은 하루에 천 번 가까이 슛 연습을 합니다. 최고 수준의 연주가들은 "연습을 하루 안 하면 내가 알고, 이틀을 안 하면 비평가가 알고, 사흘을 안 하면 전 세계가 안다."라고 말합니다. 자기 일에서 두각을 드러내는 사람들은 하루 4~8시간씩 5~10년 정도 자기 일에 노력한 시간이 있습니다. '1만 시간의 법칙'이라고도 하는데, 어떤 분야에서 전문가가 되기 위해서는 1만 시간의 훈련이 필요하다는 법칙입니다.

이렇게 자기 실력을 키우는 시간 동안 외로움을 느낄지도 모릅니다. 혼자 해내야 하는 일이기 때문이에요. 옆에서 누가 도와줄 수는 있겠지만, 실력을 키우는 것은 나 자신입니다. '줄넘기 2단 뛰기'라는 목표를 세웠다면 계속 줄에 걸리더라도 인내심을 갖고 연습하는 혼자의 시간이 필요합니다.

조나단은 외로움을 이겨 내며 밤새 비행을 끊임없이 연습합니다. 감당할 수 없을 정도로 빠른 속도를 통제할 수 없을 때는 죽음의 문턱에 이르기도 합니다. 그런 인내심, 노력의 결과로 조나단은 비행에 통달하고 시속 344킬로미터의 속도로 비행을 해냅니다. 보통 갈매기들은 꿈도 꾸지 못할 경지에 이른 거죠.

무엇이든 거저 주어지는 것은 없습니다. 반드시 그것을 얻기 위해 노력해야 해요. 그 노력은 자기 자신이 감동할 정도의 노력입니다. 노력의 과정에서 찾아오는 고독의 시간을 이겨 내야 합니다.

죽어 가는 삶이 아니라 빛나는 삶을 사는 법

조나단은 생기 넘쳤다. 기쁨에 파르르 떨었고,
두려움을 통제할 수 있다는 사실이 자랑스러웠다.
이제 살아갈 이유가 얼마나 더 많은가!
우린 자유로울 수 있어!

고속 비행에 성공한 조나단은 기쁨에 파르르 떱니다. 평범한 갈매기 친구들은 여전히 낚싯배 주변을 배회하고 있을 텐데 말이죠. 평범함을 뛰어넘어 꿈꾸던 목표를 이루면 세상이 달리 보입니다. 코뚜레에 코를 꿰여 끌려가는 소처럼 살지 않습니다. 매일매일 자기 삶을 창조하면서 살아갈 수 있어요. 아침에 일어나는 것이 즐겁고, 오늘은 또 어떤 흥미진진한 일이 벌어질지 기대되고 설렙니다.

인간은 살아갈 이유를 찾아야 하는 존재입니다. 그 이유는 사람마다 다릅니다. 누가 정해 줄 수 없어요. 누군가에게는 난민촌에 직접 뛰어들어 봉사하는 것이 가치 있는 삶이고, 다른 누군가에게는 다른 사람들의 성장을 도와주는 코칭이 가치 있는 삶일 수 있습니다. '나에게는 무엇이 가치 있는 일인가?' 바로 그것이 살아갈 이유입니다.

우리가 가치 있다고 생각하는 목표를 달성하는 과정에서 자기를 극복해 낼 때 크나큰 만족감을 느낄 수 있습니다. 너무너무 기뻐서 마치 온몸의 세포가 진동하는 것 같습니다. 남들의 인정은 크게 중요하지 않습니다. 스스로 성취감과 만족감을 느낄 수 있기 때문이에요.

살아간다는 것은 무엇일까요? 그 본질은 어쩌면 죽음을 향해 가는 것일지 모르겠습니다. 하루하루 죽음에 가까워지는 것이지요. 하지만 자기 삶의 주인이 되어 운명의 방향키를 잡는다면, 죽어 가는 삶이 아니라 자신을 꽃 피우는 삶을 살아갈 수 있습니다. 다른 사람의 삶을 살려고 하지 마세요. 그러면 하루하루 죽어 갈 뿐입니다. 살아갈 이유가 있는 삶은 감동과 기쁨으로 가득 차 있습니다.

풍요로운 삶을 살려면

조나단은 하루하루 더 배웠다. 그는 고속 낙하를 하면
바다 밑 3미터 깊이에서 희귀하고
맛있는 물고기들을 찾을 수 있다는 것을 알았다.

　많은 이들이 사회 속에서 제대로 자리 잡고 제 역할을 하려면 싫더라도 세상 사람들이 정해 놓은 평범한 길을 가야 한다고 믿고 있어요. 낚싯배에 의존하는 보통 갈매기들처럼 말이죠. 하지만 그렇지 않습니다. 자기만의 비행법을 창조한 조나단은 여느 갈매기와는 완전히 다른 세상을 살아갑니다. 그는 바람을 타고 날아가면서 공중에서 잠을 자기도 하고, 강풍을 타고 육지 깊숙이 들어가기도 합니다. 그는 남들이 평생 먹지 못하는 맛 좋은 먹이들을 실컷 먹습니다. 다른 갈매기들과 경쟁하는 대신, 혼자서 풍요로움을 즐깁니다. 남들은 절대 시도하지 않았던 길을 홀로 나섰기 때문입니다.

　평범한 것이 나쁜 것은 아닙니다. 많은 사람이 인정하는 길은 분명히 검증된 길입니다. 하지만 그 길이 나와 맞는지는 반드시 잘 따져 보아야 합니다. 생각을 하면서 가는 길은 다 괜찮습니다. 하지만 아무런 생각 없이 평균적인 길을 가려고는 하지 않았으면 좋겠습니다. 평균이 아닌 탁월함을 추구해 보세요. 나만의 특별함, 탁월함은 무엇인지 찾아보세요.

데미안
Demian

헤르만 헤세 Hermann Hesse

힘든 목표를 달성했을 때 어떤 기분인가요? 예를 들어 '수학 시험 점수를 80점까지 올리겠어.'라는 목표를 잡고 열심히 공부해서 목표 점수를 넘어섰을 때, 아주 기분이 좋겠지요? 그런데 그 좋은 기분은 그리 오래가지 않습니다. '다음번에는 90점에 도전해 볼까?', '영어 성적도 더 올려야겠어.' 새로운 목표가 생깁니다.

학생 때는 보통 성적 향상을 목표로 설정하지만, 어른이 되면 다양한 목표를 생각합니다. 다이어트, 재테크, 취업, 승진, 결혼 등 끝이 없습니다. 이렇게 계속 새로운 목표를 설정하고 그것을 이루어 가는 과정을 괴롭게 여긴다면 어떨까요? 사는 것이 그다지 즐겁게 느껴지지 않을 거예요. 하지만 끊임없이 성장해 나가는 과정이 바로 인생이라고 받아들인다면 좀 더 여유롭게 삶을 즐길 수 있지 않을까요?

소크라테스는 자신의 무지를 안다는 사실만으로도 스스로 안다고 여기는 사람들보다 낫다고 생각했습니다. 공자는 아는 것은 안다고, 모르는 것을 모른다고 하는 것이 아는 것이라고 했어요. 이런 말을 할 수 있었던 성인들의 공통점은 무엇일까요? 그것은 바로 스스로 자기 내면을 들여다보고 대화했다는 것입니다. 자기 자신에 대한 이해를 높인 것이지요. 그러면 내가 어떤 일을 좋아하는지, 무엇을 해야 행복한지 알 수 있습니다. 그리고 끊임없는 자기 성장의 길을 갈 수 있어요.

에밀 싱클레어 vs 에밀 싱클레어

헤르만 헤세는 자기 내면과의 대화에 열중했던 작가입니다. 그는 자아 탐구의 여정을 자기 작품에 반영했어요. 그의 수많은 작품 중 《데미안》을 통해 내면과 대화하고 끝없이 성장해 가는 삶의 태도에 대해 살펴보겠습니다.

《데미안》의 주인공은 '에밀 싱클레어'입니다. 이 이름은 헤르만 헤세가 《데미안》을 출간할 때 썼던 필명이기도 해요. 헤세가 이 소설에 자신의 이야기를 투영했다고 생각할 수 있습니다.

싱클레어는 좋은 집안의 막내아들이에요. 경제적인 여유가 있는 집에서 따뜻한 보살핌을 받았습니다.

10세의 싱클레어는 '부모님, 누나, 가족'에 속해 있었습니다. 아름답고 밝은 세계에 있었어요. 하지만 그는 과격하고, 어둡고, 음침한 반대편의 세계를 동경해요. 그 세계는 밝은 세계와 함께 존재하면서도 싱클레어의 눈앞에는 잘 드러나지 않습니다. 입이 거친 하녀들, 주정뱅이, 강도, 살인과 같은 세계입니다. 두 세계는 완전히 분리되어 있지 않아요. 그 경계가 아주 가깝게 닿아 있어요. 싱클레어가 속한 밝은 세계에서 아름다운 목소리로 찬송가를 부르던 하녀가 푸줏간에서 이웃 여자와 싸울 때는 거친 욕지거리를 뱉어 냅니다.

익숙한 세계가 무너질 때 변화가 시작된다

나를 감싸던 세계가 무너졌다.
모든 혼돈과 공포가 나를 위협해 왔다.
내 삶은 산산조각이 나 버렸다.

두 세계는 아슬아슬하게 공존하지만, 어느 날 그 경계가 무너지는 사건이 일어납니다. 싱클레어는 자기보다 세 살 많은 프란츠 크로머라는 소년에게 치명적인 약점을 잡혀요. 싱클레어는 호기심에 이끌려 어두운 세계에 속한 크로머에게 인정받고 어울리려고 합니다. 그러다가 무리수를 두어 하지도 않은 사과 도둑질을 했다고 거짓말을 한 거예요. 크로머가 자신의 거짓말을 믿게 하려고 그럴싸한 줄거리를 지어내고, 심지어 신에게 맹세까지 해 버립니다. 크로머는 어른들에게 싱클레어의 도둑질을 알린다고 협박하면서 싱클레어를 괴롭히기 시작해요. 돈을 요구하고, 잔심부름을 시키거나, 누나를 데리고 나오라고 명령하기도 합니다.

이렇게 싱클레어가 괴롭힘당할 때 '데미안'이 나타납니다. 데미안은 독특한 자기만의 생각을 가졌습니다. 그는 선생님이 가르쳐 주는 것을 그대로 받아들이지 않고 독자적으로 해석합니다.

성경 〈창세기〉에 '카인과 아벨' 이야기가 있어요. 성경에 의하면 최초의 인간은 아담과 이브입니다. 그들은 카인과 아벨이라는 두 아들을 낳는데 큰아들 카인은 농부, 작은아들 아벨은 양치기가 됩니다. 신은 카인이 바친 제물은 그대로 두고, 아벨의 제물만을 취합니다. 그러자 질투심에 사로잡힌 카인이 아벨을 살해해요. 이후 카인은 죄를 깨닫고 두려워하며 사는데, 신은 그의 이마에 표적을 찍어 다른 사람들이 그를 해치지 못하게 합니다.

보통 '카인과 아벨' 이야기는 질투와 폭력성이라는 인간의 어두운 본성을 드러내는 것으로 해석됩니다. 낙인이 찍힌 카인은 죄를 피하라는 신의 당부를 어긴 자입니다. 단순하게 생각해 보면 살인자인 카인은 나쁜 사람, 신에게 선택받은 아벨은 좋은 사람이겠죠? 그런데 데미안은 카인을 아주 개성 있고 강한 존재라고 생각해요. 데미안이 보기에 카인은 약한 자들에게 두려움의 대상이었어요. 이마에 있는 표적은 살인자에 대한 낙인이 아니라, 뛰어난 자의 표식이라고 본 것이죠. 그리고 남의 말에 미혹되지 않고 스스로 생각할 수 있는 자립적인 인간이야말로 카인의 후손이 될 수 있다고 합니다.

이런 데미안의 말에 싱클레어는 큰 충격을 받아요. 왜냐하면 밝은 세계에서 부모님과 선생님의 말을 잘 따르던 그는 한 번도 그런 방식으로 생각해 본 적이 없기 때문입니다. 싱클레어는 그 생각에 몰두한 나머지 어느새 크로머의 괴롭힘조차 잊어버립니다. 새로운 자극 때문에 좁은 자기 세계를 벗어나는 경험을 한 거예요.

나는 한순간 아버지로 대표되는 밝은 세계와
지혜를 경멸했다. 그렇다. 그때 나는 분명 카인이었고
이마에 표적을 달고 있었다.
하지만 수치심을 느끼기보다 표창이라고 우쭐댔다.

싱클레어에게 익숙한 세계가 무너집니다. 크로머 때문에 한 번 무너지고, 데미안을 통해 또 한 번 무너진 거예요.

스스로 문제를 해결해야 성장할 수 있다

싱클레어의 밝은 세계에 금이 가기 시작합니다. 단단한 경계에 균열이 생겼어요. 의식의 성장이 일어났지만, 싱클레어는 자기 힘으로 크로머에게서 벗어나지 못합니다. 데미안은 싱클레어의 곤란한 상황을 알아채고는 크로머와 어울리지 말라고 조언합니다. 여전히 싱클레어는 크로머에게 이렇다 할 저항을 하지 못합니다. 하지만 데미안이 크로머와 이야기를 나눈 뒤 크로머는 싱클레어의 세계에서 사라집니다. 크로머는 더 이상 싱클레어를 괴롭히지 않을 뿐 아니라, 싱클레어를 보고도 못 본 체합니다.

이렇게 데미안이 도와줬으니 싱클레어와 데미안이 더 친해질 것 같은데 일은 그렇게 흘러가지 않아요. 크로머가 사라진 뒤에 싱클레어는 데미안과 가까이 지내지 않습니다. 싱클레어는 두려웠어요. 데미안에게 다가가면 '자립적인 인간이 되어야만 한다.'라는 요구가 이어질 것이기 때문입니다. 싱클레어는 아직 그 정도 성장을 이루지 못합니다. 데미안은 크로머와는 결이 다른 '다른 세계'

였던 것이지요. 싱클레어는 데미안에게서 도망칩니다.

이후 싱클레어는 상급 학교 기숙사에 들어가면서 자기 마음대로 방탕하게 생활합니다. 술을 마시는 것은 기본이고, 술집에서 난동을 벌이는가 하면, 입에 담기 힘든 말을 내뱉습니다. 싱클레어는 이렇게 어설프게 자립하는 방식을 찾아 방황해요. 밝은 세계에 속한 가족들은 당연히 그를 이해하기 힘들어하지요.

어두운 세계에서 헤매던 싱클레어가 어느 날 공원에서 한 소녀를 만납니다. 싱클레어는 그 소녀에게 '베아트리체'라는 이름을 붙이고 그녀의 모습을 그리기 시작합니다(저자인 헤세도 그림을 그리는 데 많은 열정을 쏟았어요. 그런 자기 모습을 싱클레어에게 투영합니다.). 방황하던 싱클레어는 이때부터 성장합니다. 그는 술이나 친구에게 의존하지 않고 스스로 자기만의 밝은 세계로 걸어갑니다. 베아트리체를 그리는 것은 단순히 그림 한 장을 그리는 것이 아닙니다. 그 행동을 통해서 자기 세계를 창조하는 거예요. 여러분도 글을 쓰거나 그림을 그리거나 작곡하는 등 자신만의 창작품을 만들어 보세요. 그런 행동을 통해 자기를 더 깊게 이해할 수 있어요.

현실을 있는 그대로 품을 수 있어야 한다

(베아트리체의 얼굴은) 절반은 남성적이고
절반은 여성적이었으며, 나이를 초월한 모습으로
꿈꾸고 있는 것 같으면서도 강한 의지가 엿보였다.

싱클레어는 자기가 그린 베아트리체의 얼굴이 고정되어 있지 않고 변한다고 생각합니다. 공원에서 만난 소녀에서 데미안으로, 그리고 자기 자신처럼 보이기도 합니다. '공원의 소녀'라고 하면 어떤 느낌이 드나요? 밝고 깨끗한 느낌이죠? 데미안이나 싱클레어는 어떤가요? 이마에 표적이 있는 카인과 같은 존재들, 베아트리체에 비하면 어두운 느낌입니다. 베아트리체의 그림이 계속 변하는 것처럼 보인다는 것은 그림이 밝은 세계와 어둠의 세계를 모두 아우른다는 의미로 볼 수 있어요. 싱클레어의 자아가 한 뼘 더 성장하고 있습니다. 이 세상은 밝기만 하거나 어둡기만 한 게 아닙니다. 그런 특징이 뒤섞여 있거든요.

새는 알에서 나오려고 투쟁한다. 알은 세계다.
태어나려 하는 자는 하나의 세계를 깨뜨리지 않으면 안 된다.
새는 신에게 날아간다. 신의 이름은 아브락삭스다.

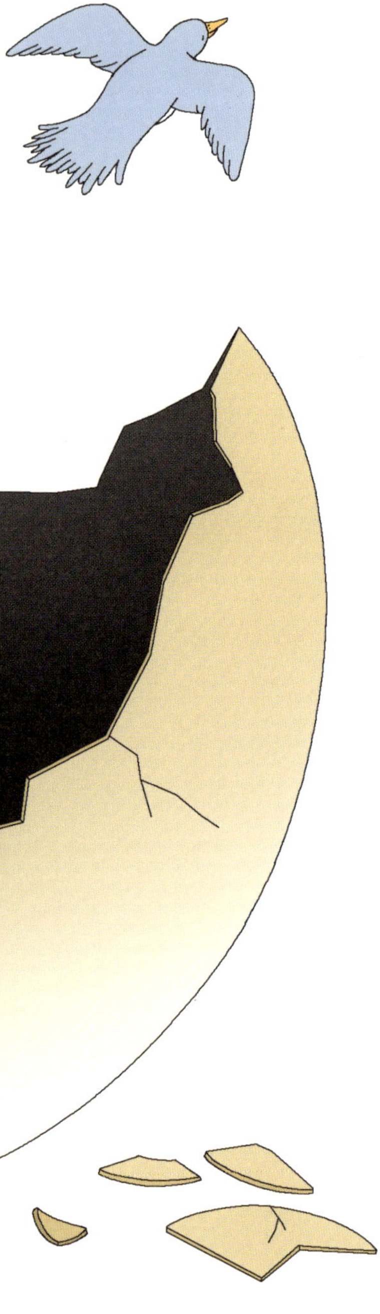

이 말은 《데미안》에서 가장 유명한 구절입니다. '새가 알을 깨뜨린다'라는 것은 어떤 의미일까요? 자기를 둘러싸고 있는 세계, 내가 알고 있는 상식, 권위를 부수는 것입니다. 미지의 새로운 세계에 눈을 뜨는 것입니다. 새도 알을 깨고 나와야 세상 속에서 살아갈 수 있고, 뱀도 허물을 벗어야 성장합니다. 이렇게 성장은 파괴와 함께 진행됩니다. 그렇게 새가 세상 밖으로 나온 다음 어떻게 하나요? 아브락삭스에게 날아간다고 합니다. '아브락삭스'는 밝은 면과 어두운 면을 모두 가진 신입니다.

우리는 '신(神)'에 대해 보통 전지전능하다고 합니다. 모든 것을 다 알고 모든 것을 할 수 있다고 말입니다. 전지전능한 신이 세상을 굽어살핀다면 이 세상에 고통이나 불평등, 전쟁이나 인종 간의 배척, 종교 갈등, 성차별 등은 없어야 합니다. 그런데 이 세상은 어떤가요? 아름답기만 하지 않습니다. 그렇다고 항상 어둡기만 한 것도 아닙니다. 인간 사이에는 사랑과 봉사의 이야기도 가득합니다.

그렇다면 이 세상의 본질은 무엇일까요? 밝음과 어둠이 뒤섞여 있는 거예요. 그럼 신은 어떤 존재일까요? 여기서 말하는 신을 특정 종교의 신으로 생각하지 말고 편안하게 받아들여 보세요. 신도 밝음과 어둠을 모두 갖고 있다는 거예요. 세상은 밝은가요? 어두운가요? 밝기도 하고 어둡기도 합니다. 뒤섞여 있어요. 그런데 밝다고만 주장하거나, 어둠뿐이라고 한다면 어느 한쪽 면만 보는 것이 아닐까요? 있는 그대로 세상을 바라볼 수 있는 것이 성숙한 안목입니다.

꿈은 계속 새로워져야 한다

태어난다는 건 언제나 어려운 일이에요. 새도 알을 깨고 나오려면 온 힘을 다해야 한다는 걸 당신도 잘 알잖아요. 영원히 계속되는 꿈이란 없어요. 다시 새로운 꿈이 나타나지요. 어떤 꿈에도 집착해서는 안 된답니다.

싱클레어는 다시 데미안을 만납니다. 그리고 데미안만큼 신비로운, 데미안의 어머니 에바 부인을 만나요. 싱클레어는 그들과 교류하면서 더 큰 자극을 받아요. 새가 알을 깨는 건 쉬운 일이 아닙니다. 아기 새는 부리가 약해요. 약한 부리로 단단한 껍데기를 쪼아야 해요. 잘못하면 부리가 뭉개질지도 몰라요. 아기 새는 그야말로 온 힘을 다해 껍데기를 공략합니다. 마침내 아기 새는 세상의 빛을 봅니다. 그렇게 힘들게 세상에 나오면 거기서 끝나는 게 아닙니다. 이제부터 새로운 시작이에요. 어미가 주는 먹이를 받아먹으며 날개에 힘을 길러 날아올라야 합니다. 시간이 지나면 자기 짝을 만나 알도 낳고 새끼도 길러야 해요.

살아간다는 것은 끊임없는 껍데기 깨기의 과정입니다. 하나의 껍데기를 깨고, 하나의 꿈을 이루었다고 멈추는 것이 아닙니다. 삶은 끊임없이 성장해 가는 과정이에요. 꿈은 계속 새로워져야 합니다.

이 과정에서 중요한 것은 나와의 진실한 대화입니다. 싱클레어는 어릴 때 밝기만 한, 반쪽짜리 세계에서 뛰쳐나와 성장하는 과정에서 외부의 스승을 만납니다. 데미안, 베아트리체, 에바 부인과 같은 사람들이에요. 하지만 결국 싱클레어는 자기 내면에서 답을 찾습니다. 나의 진짜 스승은 결국 나 자신입니다. 다른 사람들은 나의 성장을 위해 자극을 줄 뿐입니다. 결국은 내가 깨달아야 해요. 내 삶의 모든 답은 내 안에 있습니다. 내면과의 대화를 통해 끊임없이 성장할 수 있습니다.

여러분은 어떤 사람인가요? 어떤 꿈을 꾸고 있나요?

4

인간의 본성은 선할까?

- 맹자
- 파리 대왕

맹자
孟子

맹자 孟子

A사는 배송 업무 중 주택 화재를 발견하고 신속한 초동 조치로 대형 피해를 막은 택배 기사 J씨에게 감사장을 수여했다. J씨는 주택가 골목을 지나던 중 한 집에서 연기가 피어오르는 것을 보고 화재 현장으로 달려갔다. J씨는 "불이야!" 하고 소리를 질러 집 안에 있던 사람들을 불러내고 택배 차량에 비치된 소화기를 꺼내 지붕에 분사했다. 하얀색 재를 뒤집어쓴 J씨는 아무 일도 없었다는 듯 차로 돌아갔고, 출동한 소방대원에 의해 불은 완전히 진압됐다. J씨는 "당연한 일을 했을 뿐이다. 누구라도 연기를 목격했으면 뛰어들었을 것"이라고 했다.

– 2024년 1월 17일 〈경향신문〉 기사 일부 편집

신문이나 뉴스를 보면 선한 일을 하면서 별다른 대가를 바라지

않는 사람들의 이야기를 접할 수 있습니다. 난민촌에서 봉사하는 의사들, 한겨울 불우한 이웃들을 위해 연탄이나 식료품 등을 나누는 이웃들의 이야기 등, 따뜻한 인간애를 보여 주는 사람들 덕분에 세상이 살 만한 곳이라는 생각을 하곤 합니다.

반면에, 우리는 종종 인면수심(人面獸心, 사람의 얼굴이지만 짐승과 같은 마음)을 가진 사람들이 저지르는 흉악한 범죄 소식도 접합니다. 자기 울분을 풀기 위해 대낮에 사람들이 모인 곳에서 흉기를 휘둘러 죄 없는 사람들을 살해하는 사람, 유산을 빨리 물려받기 위해 부모를 살해하는 사람, 아이를 학대하다가 죽음에 이르게 하는 사람 등 상상하기조차 힘든 나쁜 짓을 저지르는 사람들도 있습니다.

인간의 본성은 선할까요, 악할까요? 어떻게 하면 인간다움을 유지하면서 살아갈 수 있을까요? 선이란 무엇일까요? 공자 사후 100년 정도 뒤에 태어난 맹자는 공자의 유가를 계승했습니다. 그의 저서 《맹자》를 통해서 인간의 본성에 대해 생각해 볼까요?

선하다는 것은 어떤 의미일까?

맹자는 인간의 본성이 기본적으로 선하다고 보았습니다. 그는 우물과 관련한 가상의 사례를 통해서 인간의 본성을 설명했어요.

　요즘은 거의 찾아보기 힘들지만, 예전에는 물을 얻기 위해 마을 곳곳에 우물을 만들었습니다. 지금이야 상수도가 잘 설치되어서 우물을 팔 필요가 없지요. 그런데 이 우물이 좀 위험합니다. 물을 긷다 자칫 잘못해서 빠지기라도 하면 생명이 위험했지요.

　이제 막 걸음걸이에 익숙해진 어린아이가 갑자기 우물에 들어가려고 해요. 워낙 어린아이라 사리 분별이 없습니다. 우물에 빠지면 어떻게 된다는 것을 알지 못합니다. 아이는 호기심에 우물로 돌진합니다. 이때 그 모습을 보면 가만히 지켜볼 사람이 있을까요? 누구라도 깜짝 놀라 뛰어가 아이를 잡을 거예요.

　사람들이 그렇게 행동할 때는 어떤 계산도 하지 않습니다. 예를 들어, ‘저 아이의 부모가 부자이니, 아이를 구해 주고 돈을 많이 달라고 해야겠다.’, ‘내가 아이를 구한 것을 널리 알려서 사람들에게 칭찬받아야지.’, ‘아이를 구하지 않았다고 욕을 먹지 않으려면 뛰어가서 구해야겠네.’와 같은 계산을 할까요? 눈앞에 위험에 처한 사람이 있는데 이런 생각을 하고 있을 사람은 없습니다. 그저 인간으로서 ‘당연히’, ‘자연스럽게’ 하는 행동이지, 앞뒤를 재어 가며 하는 것이 아닙니다.

　맹자는 이런 인간의 자연스러운 선한 본성을 이렇게 표현했습니다.

人 皆 有 不 忍 人 之 心
인 개 유 불 인 인 지 심

사람에게는 모두 남에게 차마 하지 못하는 마음이 있다.

다른 사람에게 차마 하지 못하는 그 마음이 바로 '선(善)'입니다. 이 마음은 남에게 불행이나 고통이 닥쳐오는 것을 차마 두고 보지 못합니다. 혹은 남에게 몹쓸 짓을 하지 못합니다. 이 마음의 근본은 나와 남을 완전히 다른 존재로 보지 않는 것입니다. 나와 남이 완전히 다른 존재라면 어떨까요? 상대가 아프건 말건, 죽건 말건 내 알 바 아닙니다. 하지만 나와 남이 둘이 아닌 하나라고 생각하면 남이 고통받는 것을 강 건너 불구경하듯 지켜보거나, 상대방에게 고통을 주는 행동을 할 수가 없습니다.

이렇게 나와 남이 다르지 않다는 생각을 바탕으로 다른 사람을 대한다면 어떨까요? 남을 속이거나 짓밟아 내가 잘될 수 있을 것이라는 착각에서 벗어날 수 있습니다.

전쟁을 생각해 보세요. 전쟁을 결정하는 사람은 누굴까요? 바로 각국의 지도자들입니다. 그들은 왜 전쟁을 일으킬까요? 상대 국가에 피해를 주면서 무언가를 얻을 수 있다고 생각하기 때문입니다. 얻고 싶은 것이 자원일 수도 있고, 이념의 승리일 수도 있고, 자존

심일 수도 있습니다. 타국을 공격해 자국이 잘될 수 있다고 생각하는 것이지요.

그런데 전쟁이 일어나면 상대국의 국민뿐만 아니라, 자국의 국민도 엄청난 시련을 겪게 됩니다. 폭격으로 집을 잃고 하루아침에 난민이 되는 사람들, 싸우기 싫지만 어쩔 수 없이 국가의 명령 때문에 전쟁터에 나와 상대를 공격해야 하는 군인들, 가족을 잃고 오열하는 시민들. 이런 참상을 조금이라도 상상해 본다면 전쟁이라는 결정을 할 수 있을까요? 전쟁으로 인한 비극을 생각한다면 인간으로서는 차마 전쟁을 지지하지 못할 것입니다. 선한 본성을 지켜 간다면 말이죠.

선한 마음도 종류가 있다고?

맹자는 이런 선한 본성을 조금 더 구체적으로 확장했습니다. 바로 측은지심(惻隱之心), 수오지심(羞惡之心), 사양지심(辭讓之心), 시비지심(是非之心)이에요.

'측은지심'은 다른 사람을 불쌍하게 여기는 마음입니다. 몸이 불편한 할머니가 무거운 짐을 들고 가는 걸 본다면 그냥 지나치기에는 왠지 마음이 편하지 않을 거예요. 그 개운치 않은 마음이 바로 측은지심입니다. 힘이 좀 더 있는 내가 도와주어야 할 것 같지요. 이처럼 나와 남을 분리하지 않고, 사랑할 수 있어야 측은지심을 가질 수 있습니다. 측은지심은 어진 마음, 다른 이를 사랑하는 마음인 '인(仁)'의 뿌리가 됩니다.

남을 나와 같이 생각하는 마음은 혈연이나 지연을 넘어섭니다. 아는 사람만 사랑하고, 내 가족만 챙기는 것은 '인'의 마음이 아닙니다. 나와 전혀 관계없는 누구라도 차별 없이 아끼고 사랑하는 마음이 인이에요. 넓은 마음으로 신분이나 나와의 관계에 연연하지 않고 다른 사람을 소중하게 여기는 것입니다. 인은 다른 사람을 나와 같이 대하고, 내가 하고 싶지 않은 일을 남에게 요구하지 않는 것입니다.

'수오지심'은 나에게 잘못이 있을 때 부끄러워하고, 남의 잘못을 미워하는 마음입니다. 어떤 마음이나 행동이 잘못된 것인지 아닌지 판단할 수 있어야 부끄러워하거나 미워할 수 있습니다. 그 판단 기준이 무엇일까요? '의(義)'입니다. 의는 무엇이 정의로운 것인지, 그렇지 않은지 판단할 수 있는 기준입니다. '인간다움, 양심, 옳은 것을 추구하는 것'이 의라고 할 수 있어요.

군자는 이익 앞에서도 항상 의를 선택하지만, 소인은 이익에 무너지고 맙니다. 소인에게는 인간으로서 마땅히 걸어가야 할 길보다 자기 몸의 보전, 편안함이 더 중요합니다. 몸을 편하게 하기 위한 경제적인 이득, 돈이 중요하지요. 마땅히 해야 하는 것보다 이익을 따릅니다.

예를 들어 보이스피싱(Voice Fishing, 개인 정보를 알아내어 범죄에 활용하는 금융 사기)처럼 다른 사람을 속여서 돈을 많이 벌 방법이 있다면 해야 할까요? 하지 말아야 할까요? 수오지심을 가진 사람은 당연히 옳지 않은 일이니 하지 않을 것입니다. 하지만 자기 이익을 더 중요하게 생각하는 소인배라면 옳지 않더라도, 다른 사람에게 피해가 되더라도 자기가 이익을 얻을 수 있다면 하겠지요.

'사양지심'은 교만하지 않고 겸손하여 다른 사람에게 양보하는 마음입니다. 내 욕심만 채우지 않고 남에게 양보하는 것입니다. 가족과 함께 고깃집에서 외식을 한다고 생각해 보세요. 예의를 아는 사람은 고기가 맛있게 익어도 바로 젓가락이 가지는 않습니다. 부모님이나 조부모님, 어른부터 먼저 드시고 나서 먹는 것이 순서입니다. 내가 먼저 먹고 싶지만 양보하는 것입니다. 하지만 예의를 모르는 사람은 자기 배고픔을 먼저 해소하려고 고기를 집어 입으로 가져가겠죠? 사양지심은 '예(禮)'의 뿌리가 됩니다.

예는 그 형식이 중요한 것이 아니에요. 자기를 통제하고 절제하는 것이 그 본질입니다. 예의 바른 사람은 제멋대로 하지 않습니다. 먹고 싶은 것을 참고 어른들이 먼저 음식을 드시도록 기다립니다. 제멋대로 행동하고 싶은 욕구를 다스려 예의 바르게 행동하고 몸가짐을 바르게 하지요.

'시비지심'은 무엇이 옳고, 무엇이 그른지 시시비비를 판단하는 마음이에요. 시비를 가리려면 알아야 합니다. 알지 못하면 무엇이 '옳다, 그르다'라고 판단할 근거가 없습니다. 그래서 시비지심은 '지(智)'의 뿌리라고 할 수 있어요.

제대로 알려면 이미 선배들이 고민해 놓은 것을 잘 배우는 것이 중요합니다. 그리고 배운 것을 자기 것이 될 수 있도록 계속 활용해야 합니다. 외부의 지식을 머릿속에 채우기만 한다고 지혜로워질 수는 없습니다. 스스로 생각해 보아야 합니다. 아무리 권위 있는 사람의 주장이라고 하더라도 그대로 받아들이고 외우려고만 해서는 지혜로워질 수 없습니다. 인간은 지식의 저장 창고가 아닙니다. 자기가 고민하고 자기만의 생각을 가져야 합니다.

맹자는 측은지심, 수오지심, 사양지심, 시비지심을 '사단(四端)'이라고 하고, 인간의 본성에서 우러나오는 선한 마음으로 보았습니다. 인간에게는 우물에 들어가려는 아이를 아무런 조건 없이 말리려는 선한 마음이 있다는 주장은 꽤 설득력이 있습니다. 그런데 원래부터 이렇게 선한 본성이 있음에도 불구하고, 왜 사람들은 악한 행동을 하기도 할까요?

맹자는 그 원인을 후천적인 환경에서 찾았습니다. 인간은 원래 선한 마음을 타고나지만 주변 환경의 영향으로 그 마음을 지키지 못하면 선한 마음이 악해질 수도 있다는 것입니다.

인간에게는 '거울 신경 세포(Mirror neuron)'가 있다고 해요. 남이 하는 행동을 관찰하면 그것을 그대로 따라 한다는 것이지요. 마치 아기 오리가 엄마 오리를 졸졸 쫓아다니듯이, 사람은 태어나 만나는 부모님, 선생님, 친구 등 주변 사람들의 말과 행동에 직접적인 영향을 받습니다. 주변 사람들이 모두 선한 본성을 지키고 있다면 좋겠지만, 모든 사람이 그럴 수는 없습니다. 사람들은 서로 알게 모르게 영향을 주고받습니다. 서로가 서로에게 엄마 오리가 되기도 하고 아기 오리가 되기도 하는 것이지요.

어떻게 하면 선한 본성을 지키고, 더 나아가 잘 키워 갈 수 있을까요? 선한 본성을 지키며 살아간 사람들의 이야기에 귀를 기울여 보면 어떨까요? 이 책에서 소개하는 공자, 맹자, 소크라테스와 같은 성인뿐 아니라 빛나는 고전을 쓴 많은 작가들, 역사 속 위인들의 말과 행동, 생각을 공부하고 따라가 보세요. 내 삶이 풍요로워지고 선한 본성을 키워 나가는 데 큰 도움이 될 것이라고 확신합니다.

파리 대왕
Lord of the Flies

윌리엄 골딩 William Golding

맹자는 인간의 타고난 본성이 선하다고 했습니다. 맹자 말고도 이렇게 생각하는 사람들이 있었어요. 그들은 인간의 선함과 이성을 믿었습니다. 그래서 어려운 상황이 생기면 서로 돕기도 하고 지혜롭게 이겨 낸다고 보았지요.

하지만 조금 다르게 생각한 작가도 있었어요. 바로 《파리 대왕》의 저자 윌리엄 골딩이었습니다. 《파리 대왕》에는 '생존'이라는 본능을 위해 아이들이 이성과 질서, 선한 본성보다는 폭력이나 이기심, 광기로 기울어지는 과정이 잘 나타나 있습니다. 《파리 대왕》은 인간이 극단적인 상황에서 이성과 선한 본성을 지켜 갈 수 있을지 불안한 질문을 던집니다. 《파리 대왕》을 통해 과연 어두운 본성이 인간의 숨길 수 없는 부분인지 한 번 생각해 볼까요?

핵전쟁이 일어납니다. 재난을 피해 한 무리의 영국 소년들을 싣고 가던 비행기가 공격당해요. 다행히 비행기 추락 직전에 소년들은 안전하게 탈출에 성공합니다. 하지만 태평양 어느 곳, 이름 모를 무인도에서 자기들끼리 살아남아야 하는 상황에 처합니다. 살아남은 아이들은 다섯 살에서 열두 살 정도예요.

아이들 무리 중에 랠프라는 소년이 소라를 불어 아이들을 모읍니다. 영국 해군 장교의 아들인 랠프는 당당하고 확신을 가진 소년이었어요. 아이들은 투표를 해서 랠프를 대장으로 뽑습니다. 작품에서 소라는 이성적인 권위와 질서를 상징합니다. 랠프는 무인도에서 어떻게 해야 할지 정확한 방향을 제시합니다. 구조받으려면 불을 피우고 잘 관리해야 한다고 말합니다. 그리고 그렇게 하기 위해서는 힘을 모아야 한다고 하죠.

아이들은 랠프가 불을 피우자고 하자 우르르 몰려갑니다. 랠프의 말 한마디에 우왕좌왕합니다. 그러다 섬을 불바다로 만들 뻔해요. 이때 '피기(piggy)'라는 별명을 가진 친구가 랠프를 도와서 무질서한 아이들을 질책합니다.

"너희는 랠프를 대장이라고 했어.
그래 놓고는 그에게 생각할 시간을 주지 않고 있어.
그가 뭐라 말하기만 하면 그냥 몰려가고 말이야.
그뿐인 줄 아니? 꼬마들, 꼬마들을 돌본 사람 있니?

피기는 제멋대로 날뛰는 소년들에게 서로를 잘 돌보아야 한다고 말합니다. 인간으로서 지켜야 할 선한 본성을 이야기해요. 나이든 아이들이 더 어린아이들을 돌보아야 한다는 거예요. 아이들이 몇 명인지 파악하고 챙겨야 한다고 합니다. 하지만 아이들은 처음에 그렇게 하지 못했지요.

생존 본능 앞에서는 어쩔 수가 없다

이성과 질서, 선한 본성을 주장하는 랠프와 피기를 중심으로 아이들이 똘똘 뭉쳤다면, 소년들은 구조를 받을 때까지 서로 잘 지낼 수 있었을 것입니다. 하지만 랠프의 반대 세력이 생겼어요. 바로 잭과 그를 따르는 성가대원들입니다. 잭은 구조되는 것보다 섬에서 잘 생존하는 것에 더 관심이 있습니다.

이들이 머문 섬에는 과일이 가득해요. 먹을 것이 있어서 다행이지만 삼시 세끼 과일만 먹으면 지겹기도 하고 배탈이 날 수도 있어요. 잭은 소년들에게 고기가 필요하다고 생각합니다. 그는 멧돼지 사냥에 열중합니다. 사실 잭은 꼭 고기 때문이 아니더라도 동물을 잡아 죽이는 사냥 자체에 매력을 느껴요. 멧돼지를 사냥하는 과정에서 야만성과 공격성에 빠져듭니다. 처음에는 랠프와 사이가 좋았지만 잭이 사냥에 열을 올리면서 랠프와 사이가 멀어지기 시작합니다.

"구조되고 싶지 않아?
온통 멧돼지, 멧돼지, 멧돼지 이야기만 늘어놓고 있잖아!"
"우린 고기가 필요해!"

랠프는 아이들 사이에 규칙을 만들었습니다. 오두막을 짓고, 조를 짜서 돌아가면서 오두막 옆에서 불을 관리하기로 했지요. 하지만 잭은 자기 차례가 되었을 때 몇몇 아이들과 멧돼지를 잡느라 불을 살피지 않았어요. 잭은 멧돼지 사냥에 성공해서 의기양양하지만 무관심 속에서 불은 꺼졌지요. 그리고 하필 그때 먼바다에서 커다란 배가 무인도를 지나쳐 버리고 맙니다. 랠프는 크게 실망하고 잭을 비난해요.

"너희들은 불을 꺼뜨렸어."
잭은 랠프가 엉뚱한 말을 한다는 생각에
조금 시무룩하며 주춤했지만,
너무 신이 난 나머지 그까짓 일에 신경 쓰지는 않았다.
"내가 너희들에게 고기를 먹게 해 준 거야."

잭은 자기를 질책하는 랠프를 이해할 수 없습니다. 그는 멧돼지를 잡았거든요. 소년들은 잭이 잡은 멧돼지를 배불리 먹습니다. 잭은 자신이 너무 자랑스러웠어요. 그런데 랠프는 그 공로를 인정하지 않습니다. 랠프는 오로지 불을 꺼뜨렸다는 사실에 화만 냈어요. 랠프는 자신을 비롯한 모든 소년이 구조될 수도 있었는데, 멧돼지 사냥에 정신이 팔린 잭 때문에 기회를 놓쳤다고 생각했지요.

결국 잭과 랠프는 각자의 길을 갑니다. 랠프는 구조의 희망을 품고 불을 피우고, 잭은 무리를 모아 멧돼지 사냥을 계속합니다. 멧돼지 사냥은 잔인해요. 아이들은 멧돼지를 추격해 창으로 찌릅니다. 멧돼지가 비명을 지르고 피를 흘릴 때 어린 사냥꾼들은 기뻐합니다. 다른 생명을 죽이면서 기뻐해요. 식욕, 생존이라는 본성, 야만성이라는 어두운 본성 앞에서 생명에 대한 존중, 인간성은 조금씩 희미해집니다.

사람이 채소나 과일만 먹고, 고기를 안 먹을 수는 없을 거예요. 하지만 고기를 먹기 위해 사냥하거나 도축할 때, 죽어 가는 동물들에게 어떤 마음을 가져야 할까요? 어떤 인디언 부족은 사냥한 뒤에 죽은 동물을 위해 기도한다고 합니다. 고기와 가죽이 필요해 어쩔 수 없이 동물을 사냥하지만, 고마운 마음과 미안한 마음을 표현하는 것이지요. 나의 생존을 위해 살생하지만, 상황을 있는 그대로 정확하게 이해하고 인간적인 예의를 갖추는 것입니다. 하지만 잭과 그 무리는 이런 인간성을 점점 잃어 갑니다. 고기를 얻기 위한 사냥이 유희가 되어 버립니다.

사람은 파리 대왕이 되는 것을 선택하기도 한다

"너도 알지? 난 너희의 일부분이야. 아주 가까이 있지.
모든 게 잘못되어 가고,
모든 일이 지금 이렇게 된 건 모두 나 때문이지."

잭은 사냥한 멧돼지의 목을 잘라 창에 꿰어 세워 둡니다. 좀 끔찍합니다. 죽은 돼지머리 주변에 파리들이 꼬입니다. 멧돼지의 눈은 반쯤 감겨 있고, 흐려져 있어요. 작가는 이것을 '파리 대왕'이라고 했어요. 파리 대왕은 고대 가나안 일대 사람들이 숭배했던 신, 바알세불을 상징합니다. 바알세불은 '지옥의 권력자, 악마들의 지도자, 파리' 등으로 묘사됩니다. 한마디로 파리 대왕은 악, 파괴성, 야만성, 이기심, 폭력성 같은 인간의 어두운 본성을 나타냅니다.

파리 대왕은 사이먼이라는 소년에게 환영을 통해 말합니다. 자신이 소년들의 일부이며, 자기 때문에 섬 안의 모든 혼란이 벌어지고 있다고 말이에요. 처음에는 이성적이고 선했던 아이들이 점점 폭력적이고 이기적으로 변해 가는데, 그것은 모두 원래부터 악한 그들의 본성 때문이라고 합니다.

잭의 무리는 점점 야만성에 물들어 갑니다. 잭은 사냥한 멧돼지 고기를 나눠 준다는 핑계로 랠프의 무리를 하나둘 포섭합니다. 잭은 랠프의 무리에게 사냥한 멧돼지를 나눠 준다며 자기들만의 축제에 랠프 무리를 초대합니다. 잭은 자신이 엄청나게 자랑스러웠겠지요? 광란의 멧돼지 고기 파티에서 잭 무리는 반쯤은 실수로, 반쯤은 광기에 사로잡혀 앞에서 파리 대왕과 이야기를 나눈 사이먼이라는 친구를 살해하고 맙니다.

아이들은 처음에 섬의 산 정상에 무시무시한 짐승이 있다고 여깁니다. 사실 그것은 불시착한 조종사의 시체였어요. 사이먼은 그 사실을 가장 먼저 알았습니다. 그는 다른 소년들에게 이것을 알려 주려고 멧돼지 파티 중간에 뛰어들었다가 광기에 사로잡힌 아이들에 의해 죽임을 당한 것이지요.

잭은 더욱 이기적으로 변해 갑니다. 그는 불을 피우기 위해 오두막을 급습해 피기의 안경을 빼앗아 갑니다. 안경 렌즈로 햇빛을 모아 불을 피우려 했지요. 시력이 좋지 않은 피기의 입장에서 안경을 빼앗긴다는 건 눈을 잃는 것과 마찬가지예요. 하지만 잭은 그런 친구의 사정은 전혀 고려하지 않습니다. 이제 불도 피울 수 없게 된 랠프는 잭의 무리와 더 이상 함께할 수 없게 됩니다. 랠프는 잭 무리에게 안경을 되찾으러 갔다가 로저가 굴린 돌에 피기를 잃습니다. 로저가 살인을 저지른 거예요.

사이먼과 피기, 두 아이가 목숨을 잃었습니다. 파리 대왕, 즉 야만적인 광기와 이기심 때문입니다. 파리 대왕과 같은 어두운 본성에 사로잡힌 아이들은 이제 멧돼지가 아닌, 랠프를 사냥하려고 합니다. 모든 친구를 잃고 혼자가 된 랠프는 살기 위해 아이들을 피해 도망 다닙니다.

열린 결말: 소년들은 광기의 시간을 어떻게 기억할까?

잭의 무리는 랠프를 사냥하기 위해 섬에 불을 지릅니다. 이 불을 보고 해군 장교가 탄 배가 섬에 도착해요. 해군 장교를 본 랠프는 무너져 내립니다. 랠프를 추격하던 다른 아이들도 정신을 차리고 흐느낍니다.

어른을 보고 소년들은 파리 대왕에 사로잡혔던 과거를 후회하는 것처럼 보입니다. 그들은 다시 선한 본성을 되찾은 것일까요? 그런데 재미있는 것은 어른이라고 해서 완벽한 것은 아니라는 점이에요. 사실 어른들의 세계도 핵전쟁이 일어난 파리 대왕의 세상입니다. 폭력성과 야만성으로 가득한 이기적인 세상이에요.

어두운 본성은 인간의 일부분일까요? 소설 속에서 파리 대왕이 말한 것처럼 언제나 우리와 함께 있는 걸까요? 선은 무엇이고, 악은 무엇일까요? '선과 악'이라는 것은 결국 우리가 매 순간 선택하는 게 아닐까요? 잭이 랠프와 피기의 말에 귀 기울이고 힘을 합쳤다면 인간을 사냥하는 극단적인 상황까지는 가지 않았을지도 모릅니다. 인간은 항상 선택할 수 있는 존재니까요. 항상 인간과 함께 있다는 파리 대왕의 저주는 인간의 자유 의지 앞에서는 아무런 힘이 없을 것입니다.

5

어떻게
살아야 할까?

- 소크라테스의 변론
- 노인과 바다

소크라테스의 변론
Apology of Socrates

플라톤 Platon

지원이는 어른이 되어 무슨 일을 하면서 어떻게 살아야 할지 고민입니다. 그래서 철학을 공부한 이모에게 고민을 털어놓습니다.

지원: 이모, 앞으로 어떻게 살아야 할지 모르겠어요. 내가 뭘 잘하는지, 뭘 좋아하는지 모르겠어요.

이모: 네 나이에 그건 당연한 걸지도 몰라. 이모처럼 40대가 되어도 어떻게 살아야 할지 고민하는 어른들이 많은걸.

지원: 정말요? 어른들은 그런 고민을 하지 않는 줄 알았어요. 어른들은 직업이 있고, 돈도 벌잖아요. 가족도 있고요.

이모: 사람들이 직업이나 사회적인 역할이 있다고 해서 길을 찾은 것은 아니야. 직업과 역할보다 어떤 방향으로 살아가는지가 더 중요하지.

지원: 삶에서 중요한 것은 방향이라는 말이군요.

살아가면서 한 번쯤은 소크라테스의 이름을 들어 봤거나 듣게 될 거예요. 소크라테스는 어떤 글이나 책도 남기지 않았습니다. 하지만 제자인 플라톤과 크세노폰이 책을 남긴 덕분에 우리는 소크라테스와 그의 생각에 대해 알 수 있어요. 플라톤이 쓴《소크라테스의 변론》을 통해 '사람은 어떻게 살아야 하는가?'에 대한 소크라테스의 대답에 귀 기울여 볼까요?

소크라테스는 B.C. 470년경 그리스 아테네에서 태어났어요. 지금으로부터 거의 2,500년 전 사람입니다. 고대 그리스는 하나의 국가가 아니었어요. 도시 국가인 폴리스가 공존했지요. 아테네도 여러 폴리스 중 하나였습니다. 소크라테스가 살았던 시기 아테네는 많은 변화를 겪었고 혼란스러웠습니다.

소크라테스는 20대 초반까지 페르시아 전쟁(B.C.492~B.C.448) 시기를 살았어요. 페르시아 전쟁은 그리스에 엄청난 충격을 주었습니다. 당시 지구상에서 가장 강력한 대제국이었던 페르시아가 수십만의 군대를 이끌고 그리스를 공격했어요. 수백 명에서 1만 명 남짓 정도 되는 군사로 소규모 전쟁을 해 왔던 그리스의 도시 국가들은 수십만 규모의 대군 앞에서 당황했어요. 도저히 상대할 엄두가 나지 않았지요. 하지만 수적 열세를 극복하고, 아테네와 스파르타를 중심으로 뭉친 그리스 연합군은 극적으로 승리를 거두었습니다. 페르시아 전쟁 후 아테네는 델로스 동맹을 이끌면서 그리스의 부와 권력을 차지했어요. 당시에는 민주주의를 옹호하는 사람들이 아테네를 이끌었고, 소크라테스도 조국 아테네의 자랑스러운 시민으로 살았어요.

그러다 그리스 안에서 전쟁이 일어납니다. 아테네를 중심으로 하는 델로스 동맹과 스파르타를 맹주로 하는 펠로폰네소스 동맹 사이에 갈등이 커졌기 때문이에요. 바로 펠로폰네소스 전쟁(B.C. 431~B.C.404)이지요. 전쟁에서 펠로폰네소스 동맹이 승리해 스파르타가 주도하게 된 그리스에서 아테네는 암울한 시기를 겪게 됩니다.

원래 아테네는 민주주의 정치 체제였습니다. 그런데 귀족 정치를 옹호하는 스파르타가 승리했으니 어떻게 되었을까요? 아테네에서도 스파르타의 지원을 받아, 귀족 정치를 지지하는 사람들이 권력을 잡게 됩니다. 권력은 아주 비정합니다. 귀족파들은 힘을 얻자, 민주주의를 지지하는 세력을 무자비하게 처단합니다. 펠로폰네소스 전쟁이 스파르타의 승리로 마무리되었을 때 소크라테스는 60대 후반이었어요. 그는 귀족 정치를 지지하지 않았지만, 그의 제자 중 일부가 귀족파였어요. 얼마 지나지 않아 민주주의 세력이 다시 권력을 잡으면서 소크라테스도 의도치 않게 정치적인 보복을 당하게 됩니다.

모른다는 사실을 깨닫는 지혜

소크라테스는 작은 키에 못생긴 외모를 갖고 있어 그리스 신화에 나오는 '실레노스'에 비교되기도 했어요. 실레노스는 술의 신 디오니소스의 양아버지로, 뚱뚱하고 못생긴 데다가 항상 술에 취해 있는 모습으로 묘사됩니다.

소크라테스는 아테네에서 유명 인사였습니다. 그는 거리에서 아테네 시민 누구에게든 말을 걸었습니다. 무언가를 알고 있다고 착각하고 있는 시민들에게 질문을 던져 사실 그들이 아무것도 모른다는 사실을 깨닫게 했습니다. 누가 봐도 이상하죠? 그렇게 한다고 돈을 벌 수 있는 것도 아니고, 오히려 욕이나 먹을지 모르는데 그는 왜 그런 이상한 행동을 했을까요?

카이레폰은 나(소크라테스)보다 더 지혜 있는 자가 있는지를
(델포이의 무녀에게) 물었습니다.
그러자 그곳 무녀는 나보다 지혜로운 자는
아무도 없다는 신탁을 주었습니다.

그리스 사람들은 중요한 일을 결정할 때나 지혜가 필요할 때 신전을 찾아가 무녀를 통해 그들이 믿는 신의 메시지를 받곤 했어요. 카이레폰은 소크라테스의 친구이면서 제자였던 사람이에요. 어느

날 카이레폰이 델포이 신전에 찾아갔습니다. 카이레폰은 소크라테스가 가장 지혜 있는 사람이라는 신탁을 받았어요.

자, 우리에게 누가 찾아와서 "이봐 친구, 내가 신탁을 받았는데 자네가 인간으로서는 가장 지혜롭다고 하더군."이라고 한다면 어떤 생각이 들까요? 어깨가 으쓱해지겠죠? '그래, 내가 좀 똑똑하긴 하지.', '어려서부터 내가 머리 좋다는 말은 좀 들었지.'라고 생각할지도 모릅니다.

하지만 소크라테스는 신의 메시지를 듣고 의아했어요. 그는 신의 메시지가 절대적이라고 믿고 있었어요. 인간의 지혜를 넘어선 존재가 보내온 메시지가 절대 틀릴 리가 없다고 생각했죠. 하지만 아무리 생각해도 자기가 그렇게 지혜로운 사람이라고 여겨지지는 않았습니다. 그런데 신탁이 틀릴 리는 없고. 혼란스러웠겠죠? 소크라테스는 신탁이 무엇을 말하려는지 밝히기 위해 당시에 지혜롭다고 하는 사람들을 찾아갑니다. 정치가, 작가, 장인과 같은 사람들이었어요. 그들에게 이런저런 질문을 던지면서 대화를 나눈 뒤 소크라테스는 어떤 생각을 하게 되었을까요?

나는 이 사람보다 지혜롭다. 아름다움이나 선(善)을
모른다는 점에서 그와 나는 마찬가지인데,
그는 무언가 알고 있다고 생각하지만 나는 모르니까
그대로 모른다고 생각하기 때문이다.

즉, 모르는 것을 모른다고 깨달은
오직 그것만으로도 내가 더 지혜롭다.

이렇게 그는 '무지(無知)의 지(知)'를 깨달았습니다. 모른다는 사실을 있는 그대로 깨달았습니다. 소크라테스는 거짓을 용납하지 않았어요. 모르면 모르는 것이지, 아는 체할 필요가 없었지요. 그런데 대다수의 현명하다고 자부하는 사람들은 아는 체하고 있었어요.

자, 그런데 좀 이상하지 않나요? '무지하다는 것을 깨닫는 게 뭐가 그리 중요하지?' 하는 생각이 들 수 있어요. 그런데 이렇게 무지를 정확하게 아는 것 자체가 인간의 성장에 아주 중요한 출발점이 될 수 있어요. 인간은 부족한 것을 채우려고 해요. 자기가 아는 것이 없다는 사실을 깨달은 인간은 지식과 지혜를 얻으려고 노력해요. 더 나아지려고 하죠. '무지의 지'는 소극적인 자기 인식이 아니라 적극적인 성장을 위한 출발점이에요.

'나는 아는 것이 없다'라는 그 하나의 사실을 명확하게 인식하는 것! 거기서부터 신의 지혜에 다가가는 인간의 위대한 여정이 시작됩니다. 지혜에 대한 사랑, 즉 철학이 시작되는 것이에요.

그 사람이 지혜롭지 않다고 생각될 때는

소크라테스는 깨달음을 얻은 것에만 만족하지 않았습니다. 스스로 자기가 가야 할 길을 정하지요. 삶의 방향을 잡습니다. 카이레폰이 전해 준 신탁에서는 소크라테스에게 어떤 행동을 요구하는 내용이 없었어요. 그저 '소크라테스가 가장 지혜 있는 자이다.'라는 내용뿐이었지요. 소크라테스는 신탁을 증명한 뒤에는 자기의 길을 정합니다. '아테네 시민들에게 그들이 무지하다는 것을 깨우쳐 주어야겠다.'라는 결심이지요. 그는 아테네 시민들을 일일이 찾아다니며 '당신은 무지하다'라는 사실을 깨우쳐 주는 것을 인생의 소명으로 삼았습니다.

당시에 아테네 시민들에게는 국가에서 일정한 지원을 해 주었다고 해요. 오늘날로 치면 복지 제도가 있었지요. 소크라테스도 그런 지원을 받았습니다. 그는 아내 크산티페와 아들 셋을 부양해야 했어요. 국가의 지원만으로 넉넉한 생활을 하기는 힘들었을 겁니다. 하지만 가장으로서 가족들을 부양해야 함에도 그는 생계를 위한 일을 하지 않았습니다. 그는 아테네 시민들의 무지를 깨우쳐 주기 위해 시민들과의 대화에만 열중합니다. 아내 입장에서는 얼마나 답답했겠어요? 소크라테스의 아내가 돈을 제대로 벌어 오지 못하는 소크라테스를 구박한 건 어쩔 수 없었던 것 같아요. 허구한 날 소크라테스를 구박했던 크산티페가 악처의 대명사처럼 전해지지만, 어떤 아내든 가장이 소크라테스처럼 행인들을 붙잡고 말이나 걸고 돈은 벌어 오지 않는다면 화가 나지 않을 수 없었을 것 같습니다.

소크라테스는 페르시아 전쟁에서 승리한 뒤의 영광스러운 아테네를 경험했어요. 그 시기 아테네인들은 자부심이 넘쳤고, 페리클레스와 같은 뛰어난 지도자를 둔 덕분에 최고의 황금기를 누렸어요. 그랬던 아테네가 펠레폰네소스 전쟁에서 패배하면서 쇠락의 길을 걷게 됩니다. 사람들은 올바른 것, 본질적인 가치를 추구하기보다 세속적인 성공이나 아름다운 외모 같은 것에 열광했어요. 자기가 제대로 안다고 착각하고 있으니, 지혜를 얻기 위해 노력하지 않았어요.

소크라테스는 아테네의 영광을 다시 보고 싶었을 것입니다. 그에게 국가는 그만큼 소중했기 때문이에요. 그는 전쟁, 전염병, 정치적 혼란으로 추락한 아테네를 다시 살리기 위해서는 시민들이 지혜로워져야 한다고 생각했습니다. 그리고 그 첫걸음이 각자가 자신의 무지를 깨닫는 것이라고 보았습니다. 그것을 깨우쳐 주는 것을 자기 삶의 사명이라고 여겼어요.

당시에 젊은이 중 많은 이들이 소크라테스와 대화를 나눈 뒤 감동했습니다. 자기 무지를 깨닫고 올바른 삶을 살려고 했지요. 그런데 이 젊은이들은 자기 부모나 주변 어른들을 상대로 소크라테스가 하는 것처럼 다소 무례한 질문을 던졌습니다. 상대의 무지를 깨닫게 해 주기 위해서였죠. 그런데 무지를 지적받은 어른 세대의 기분은 어땠을까요? 그들은 자기 무지를 인정하기는커녕 소크라테스를 미워했어요. 착했던 자식들이 소크라테스한테 영향을 받아서 버릇없어졌다고 생각한 것이지요. 그리고 자존심도 많이 상했어요. 이것이 소크라테스가 고발당한 원인이 되었습니다.

소크라테스는 이런 분위기를 잘 알고 있었어요. 사회에서 힘을 가진 사람들이 자기를 미워한다는 것은 언젠가는 목숨이 위태로워질 수도 있다는 사실이지요. 하지만 그는 자기가 믿는 정의를 행동으로 실천했어요. 그는 '꼭 해야 하는 일'이라고 외치는 자기 내면의 소리를 못 들은 체하지 않았습니다. 그는 신념에 따라 옳은 행동을 했습니다. 설사 그것 때문에 목숨이 위험해진다고 해도 말이죠.

죽고 사는 것보다 중요한 것

소크라테스는 결국 일흔이 다 된 나이에 고발당하고 재판을 받는 처지가 되었습니다. 당시 아테네에서 고발당하고 재판을 하는 일은 일상적이었어요. 소크라테스가 재판에서 아테네 사람들의 비위를 좀 맞춰 주었으면 무죄나 가벼운 벌금형 정도를 받았을 거예요. 하지만 소크라테스는 재판에서 자신을 변론하면서 자기가 그간 해 왔던 말을 그대로 합니다. 변론이 아니라 아테네 시민들을 대상으로 한 공개 강의가 되었어요.

조금이라도 훌륭한 사람은 생사의 위험을 생각해선 안 됩니다.
오직 '올바른 행위를 하느냐 그릇된 행위를 하느냐',
곧 '선량한 사람이 할 일을 하느냐
악한 사람이 할 일을 하느냐' 하는 것만 고려해야 합니다.

소크라테스는 죽고 사는 문제에 집착하지 않았어요. 그는 오직 올바른 행위를 하는 것만이 중요하다고 생각했고, 그 생각을 그대로 실천했습니다.

죽음을 두려워하는 것은 지혜로움을 가장하는 것이지,
진정한 지혜로움이 아닙니다.

소크라테스는 자기 삶의 방향을 스스로 정했습니다. 자기가 옳다고 믿는 것을 그대로 실천했어요. 외부의 다른 소리가 아니라 자기 양심의 소리에 귀 기울였습니다. 사람들에게 '무지의 지'를 일깨워 주면서, 자기가 알고 있는 것은 확실하게 실천했습니다. 그것이 죽음의 길일지라도 말이죠. 우리가 정말로 삶을 풍요롭게 살아가는 길은 내 삶의 방향을 스스로 정하는 것이 아닐까요?

노인과 바다
The old Man and the Sea

어니스트 헤밍웨이 Ernest Hemingway

사람들은 실패를 얼마나 오랫동안 견딜 수 있을까요? 만약 어부가 고깃배를 타고 바다에 나가 낚시에 실패한다면, 어느 정도의 기간을 버틸 수 있을까요? 하루이틀 정도는 대수롭지 않게 생각할지도 몰라요. 그런데 일주일 동안 고기를 못 잡으면 어떤 마음이 들까요? 일주일도 그럴 수 있다고 하더라도 한 달, 두 달이 지나도록 성과가 없다면 절망에 빠지지 않을까요?

자기를 믿는다는 것

《노인과 바다》에는 세 달 가까이 허탕을 치는 늙은 어부가 나옵니다. 그의 이름은 산티아고. 무려 84일간 고기잡이를 나갔다 빈

배로 돌아오기를 반복합니다. 그를 응원하는 건 한때 그와 함께 고기잡이 다녔던 소년, 그리고 그와 같이 세월을 견디며 늙어 가는 나이 든 어부들뿐이에요.

"우린 믿음이 있지. 그렇지 않니?"

소년의 아버지는 고기잡이가 신통치 않은 산티아고가 불운을 몰고 다니는 사람이라고 생각합니다. 그래서 아들에게 산티아고를 떠나라고 해요. 하지만 소년은 여전히 산티아고를 믿습니다.

살다 보면 일이 뜻하는 대로 잘 풀리지 않을 때가 있습니다. 이 정도면 충분히 시련을 겪었다는 생각이 드는데도 시련이 나를 놓아주지 않아요. 끝이 보이지 않을 정도의 절망에 빠지기도 합니다. 이럴 때일수록 자신을 믿고 버티는 것이 중요해요.

자기 인생이 흘러가는 것과 관계없이 자신을 믿는 힘은 어디에서 나오는 것일까요? 여러 가지가 있을 거예요. 그중 하나는 기존에 비슷한 어려움을 헤쳐 나온 경험입니다. 예전에 유사한 상황에서 좌절했다가도 오뚝이처럼 일어나 본 경험이 있는 사람은 눈앞의 시련에 크게 흔들리지 않습니다. 다시 일어설 수 있다는 것을 알기 때문이지요. 사실 산티아고는 이전에도 87일간 물고기를 잡지 못하다가 이후 3주 동안 매일 큰 물고기를 잡은 경험이 있습니다. 이렇게 실패를 이긴 경험은 자신을 믿는 큰 힘이 됩니다. 산전

수전을 다 겪어 온 산티아고는 일이 안 풀릴 때 움츠러들지 않고 더 큰 도전을 합니다.

산티아고는 쉽게 절망하지 않습니다. 그저 한동안 운이 없었을 뿐이라고 생각해요. 그리고 더 위험한 길을 택합니다. 먼바다로 나가려는 거지요. 작은 고깃배를 타고 먼바다에 나가는 것은 위험천만한 일이에요. 날이 저물기 전에 해안 쪽으로 돌아오지 않으면 해류에 휩쓸려 더 먼 바다로 나가거나, 바다 위에서 길을 잃을 수도 있어요. 혹은 상어와 같은 큰 물고기의 표적이 될 수도 있지요.

그는 먼바다로 나가면서 다랑어를 잡습니다. 다랑어는 사실 그의 목표가 아닙니다. 그는 작은 성취에 만족하지 않아요. 산티아고는 다랑어를 먹잇감으로 더 큰 물고기, 청새치를 잡으려 합니다.

내가 해야 할 일은 무엇인가

산티아고는 야구를 아주 좋아해요. 고기잡이하러 가면서도 야구 생각이 머릿속에서 떠나지 않습니다. 하지만 더 이상 물러설 곳이 없게 된 그는 이제 야구 생각도 끊어 냅니다. 온 마음을 고기잡이에 집중해요.

우리가 살아가면서 일만 할 수는 없을 거예요. 인생을 즐기는 것도 중요합니다. 사람들은 스포츠, 게임, 산책, 수집 등 소소한 오락거리를 즐기면서 스트레스를 풀고 행복감을 느끼기도 해요. 오락거리 자체는 나쁜 것이 아니에요. 하지만 그런 오락거리에 너무 몰두해서 정작 자기가 정말로 해야 할 중요한 일을 놓치면 안 됩니다. 항상 긴장하면서 살 수는 없겠지만, 인생의 중요한 순간, 한계를 뚫고 나아가야 하는 시기에는 집중해야 합니다. 오락거리를 멀리해야 하는 것이지요.

삼국 시대, 신라의 삼국 통일을 이끌었던 김유신은 자기 말의 목을 벤 일화로 유명합니다. 젊은 시절 김유신은 천관(天官)이라는 이름의 기생에게 반했어요. 그는 자주 그녀의 집에 드나들었다고 해요. 큰 인물 뒤에는 큰 가르침을 주는 부모님이 있기 마련입니다. 김유신의 어머니는 아들의 이런 모습을 질책합니다. 김유신은 어머니의 꾸중을 듣고 천관의 집에 출입하지 않기로 맹세하죠.

그런데 어느 날 술에 취하여 집으로 돌아가는 길에 말 위에서 깜박 잠이 들어 버렸어요. 김유신의 말은 이때 자주 가던 천관의 집 앞으로 갔습니다. 김유신이 온 것을 안 천관은 반가워했지만, 잠에서 깬 김유신은 천관은 본 척도 하지 않고, 그 자리에서 말의 목을 베어 버립니다. 쓸데없는 시간 낭비, 기운 낭비를 하지 않기로, 아끼던 말까지 죽여 가며 단호히 결심한 김유신은 자신의 길을 걸어 삼국 통일의 위업을 달성합니다.

내가 무엇을 하기 위해 태어났는지 바로 알기는 쉽지 않습니다. 공부를 많이 한다고, 나이가 든다고 알 수 있는 것도 아닙니다. 아무리 위대한 스승에게 가서 물어봐도 내 삶의 목적을 알려 주지는 못합니다. 스스로 찾아야 합니다.

산티아고는 다행스럽게도 자기가 꼭 해야 하는 일이 무엇인지 찾았습니다. 삶의 목적이라고 해서 거창할 필요는 없습니다. '물고기를 잡아 사람들을 배부르게 해 주는 것'과 같이 평범해 보이는 것이라도 상관없습니다. 그것이 '나의 일'이라는 느낌이 오는 것, 내면의 떨림이 중요합니다.

묵묵히 자기 할 일을 해 나가는 것이 인생이다

마침내 산티아고의 낚시에 커다란 청새치가 걸립니다. 산티아고의 고깃배보다도 크고 힘이 센 녀석이었지요. 청새치는 바다 밖

으로 몸을 드러내지 않고 깊은 바다에서 헤엄치며 고깃배를 끌고
다닙니다. 그 바람에 산티아고는 낚싯줄을 놓지 못하고 계속 잡고
있어야만 합니다. 그렇지 않으면 놓치고 말 테니까요. 낚싯줄을 잡
은 손은 저리고, 배도 고픕니다. 산티아고는 고기가 꿈틀거리는 힘
을 이기지 못하고 넘어져 얼굴을 바닥에 박게 됩니다. 이때 눈 밑
이 찢어져 피가 나요. 피가 뺨 위로 흘러내려 말라붙습니다. 이럴
때 누가 옆에서 도와주면 얼마나 좋을까요?

산티아고는 옆에서 조수 역할을 잘해 주었던 소년 마놀린을 떠
올립니다. 하지만 그 소년은 지금 없습니다. 도움을 얻을 수 없는
상황, 모든 걸 혼자 해내야 합니다. 삶의 결정적인 순간에는 고독
할 수 있습니다. 그때는 자신을 믿고 앞으로 우직하게 나가는 수밖
에 없습니다. 의존하는 마음을 완전히 비워 내야 해요.

산티아고가 생각하기에, 물고기와 자신은 닮았습니다. 그들은 홀로 살아갑니다. 주변에 가족이 없어요. 그들은 모두 독립적이에요. 무엇에도 얽매이지 않고 자기 모습 그대로 살아갑니다. 산티아고는 결과와 상관없이 매일 고기를 잡으러 나갑니다. 청새치는 넓은 바다에서 깊이 헤엄치며 자유를 만끽해요. 그리고 둘 다 아주 힘이 셉니다. 각자 뛰어난 존재예요.

산티아고는 젊은 시절 팔씨름 우승자였습니다. 그는 팔씨름으로 덩치 크고 힘센 사람들의 코를 납작하게 만들어 버렸어요. 청새치도 아주 뛰어난 물고기입니다. 산티아고가 감탄할 만큼 당당하고 강한 힘을 가졌지요.

산티아고는 청새치와 사투를 벌이며 그 물고기를 좋아하게 되었지만, 자기 할 일을 잊지 않습니다. 그의 일은 청새치를 잡아 숨통을 끊어 놓는 거예요. 신타아고는 낚싯줄을 절대 놓지 않고 청새치와 대결을 벌입니다. 이 모습을 상상해 보세요. 망망대해에서 청새치와의 대결. 도움을 청할 사람도 없어요. 청새치를 잡는다고 하더라도 인정받을 수 없고, 배보다 큰 청새치를 싣고 무사히 육지로 돌아갈 수 있을지 장담할 수도 없습니다. 이런 상황에서 산티아고는 청새치와의 전투에 집중합니다. 결과가 어떻게 될지 뒷일은 생각하지 않아요. 그 순간에 자기가 해야 할 일을 합니다.

우리 삶은 어떤가요? 어릴 때는 부모님이나 선생님, 친구들이 곁에 있고 쉽게 도움을 얻을 수 있습니다. 하지만 항상 그럴 수는 없어요. 언젠가는 물러설 수 없는 대결의 순간이 옵니다. 삶과 내가 일대일로 붙어야 하는 거예요. 이럴 때 도망치기만 하는 삶은 후회만 남습니다. 부딪쳐야만 합니다. 내가 할 일을 하는 길밖에 없어요. 남에게 의존하지 않고 나의 할 일을 묵묵히 해 나가는 것이 우리 인생의 본질일지도 모릅니다.

고통은 아무것도 아니다

"고통은 인간에게 아무것도 아니야."

산티아고는 청새치와 싸우면서 여기저기 다치고 피를 흘려요. 하지만 아랑곳하지 않습니다. 산티아고는 흐려지는 의식을 부여잡고 마침내 청새치를 잡는 데 성공해 물 밖으로 나온 녀석에게 작살을 꽂습니다. 자, 이제 이 커다란 물고기를 배에 매달고 육지로 가는 것이 또 하나의 도전 과제입니다. 배보다 크고 너무 무거워서 배 위에 실을 수 없어요. 어쩔 수 없이 배 옆에 꽁꽁 묶어서 가는 수밖에 없습니다. 그렇게 가면 어떤 일이 벌어질까요? 청새치 고기를 먹기 위해 상어들이 달려들기 시작합니다. 산티아고는 이제 청새치를 지키기 위해 상어들과 대결을 벌입니다.

산티아고는 작살과 노를 사용해서 몇 마리의 상어를 물리칩니다. 하지만 상어들의 모든 공격을 다 막아 낼 수는 없었어요. 청새치는 여기저기 뜯기고 뼈만 앙상하게 남습니다. 산티아고는 결국 뼈만 남은 청새치를 매달고 육지로 돌아옵니다. 결과만 보면 실망할 법도 하지만 노인은 태연합니다. 그는 해야 할 일을 했고, 잘 해냈습니다. 남들이 뼈만 남은 청새치를 보고 어떤 평가를 하든 그것은 그의 관심 밖의 일입니다. 청새치의 영양가 많은 고기는 사라졌지만, 산티아고는 패배하지 않았습니다. 운명이나 현실에 굴복하지 않았어요.

자신을 믿는 힘은 실패를 극복한 경험에서 온다고 했어요. 그리고 또 하나, 자기가 하는 일을 가치 있게 여기는 마음에서도 찾을 수 있답니다. 내가 무엇을 하러 태어났는지 알고 싶다면 내가 가치 있다고 여기는 일이 무엇인지 생각해 보세요. 산티아고처럼 자기가 하는 일을 가치 있게 여기는 삶의 태도를 가진다면 어떤 상황에서도 패배란 없을 것입니다.

6

왜 역사를
알아야 할까?

- 징비록
- 사기 열전

징비록
懲毖錄

유성룡 柳成龍

지원이는 좋아하는 작가의 저자 강연회에 참석했습니다. 인문학, 그중에서도 역사를 강조하는 작가의 강연이 마무리되었고, 청중에게 질문을 받는 시간에 지원이는 용기를 내어 손을 들고 질문했습니다.

지원: 저는 학교에서 역사 수업만 들으면 졸음이 쏟아져요. 수백 년, 수천 년 전 이미 지나가 버린 일을 알면 어떤 도움이 되나요? 역사를 안다고 돈을 많이 버는 것도 아닌데 왜 역사를 공부해야 하나요?

작가: 혹시 어릴 때 쓴 일기장을 갖고 있나요?

지원: 네, 엄마가 쓰라고 하셔서 억지로 썼는데 아직 버리지 않고 있어요.

작가: 그렇군요. 저는 지금도 일기를 쓰고 있는데요, 가끔 예전에 쓴 일기를 보면 재미있기도 하고, 잊었던 일도 떠올릴 수 있어서 좋습니

다. 한번은 예전에 친했던 친구와 왜 멀어졌는지 기억이 나지 않았
어요. 그 친구와 멀어지기 시작한 시기에 썼던 일기를 보니 작은 일
로 오해가 생겼다는 사실을 알게 되었지요. 지금은 그 친구와 다시
연락하고 가끔 만나면서 친하게 지내고 있답니다. 과거를 기록하
고 기억하는 것은 분명히 도움이 되는 일입니다.

지원: 일기와 역사가 무슨 관계가 있나요?

작가: 일기는 개인의 역사라고 할 수 있어요. 역사는 우리보다 앞서 살았
던 사람들의 일기장과 같아요. 그 일기장을 들여다보면 많은 것을
배울 수 있어요. 시간이 흘러도 인간의 문제는 변하지 않는답니다.
역사를 통해 비슷한 잘못을 되풀이하지 않을 지혜와 인간 본성에
대한 깨달음을 얻을 수 있어요.

왜 인류는 역사적인 기록을 남길까요? 실용적인 기술이나 과학
적인 원리는 남겨 두면 살아가는 데 직접적인 도움이 됩니다. 하
지만, 사람들이 살아온 이야기는 얼핏 큰 도움이 되지 않을 거라
고 생각할 수 있어요.

물론 실용적인 지식처럼 직접적으로 적용되는 답을 얻지 못할
수도 있어요. 하지만 그 내용을 곱씹어 보면서 배울 점을 찾아본다
면 분명히 '무언가'를 얻을 수 있어요.

1592년(임진년), 일본은 조선을 침략했습니다. 1392년 건국 이후 나라가 뒤집힐 정도로 큰 전쟁을 치른 적이 없었던 조선은 왜군의 대규모 침입에 속수무책이었어요. 조선은 수도 한성을 전쟁이 일어난 지 20일 만에 빼앗기고 선조 임금은 피난길에 올랐습니다. 7년 가까이 이어진 전쟁에서 20만 명이 넘는 조선 군사와 헤아릴 수 없는 백성들이 사망하고, 온 나라가 쑥대밭이 되었습니다. 이러한 비극을 낳은 전쟁이 임진왜란입니다.

《징비록》은 임진왜란 시기에 영의정 등 주요 벼슬을 지냈던 유성룡이 임진왜란의 전후 과정을 기록한 책입니다. 《징비록》의 '징(懲)'은 '꾸짖는다, 징계한다'라는 뜻입니다. '비(毖)'는 '조심하다', '록(錄)'은 '기록'이라는 뜻이에요. '징비(懲毖)'의 뜻을 풀이하면, '부끄러운 지난 잘못을 징계하여 뒤의 근심거리를 없게 한다'라는 의미입니다. 《징비록》은 임진왜란의 부끄러운 역사를 기록한 거예요. 왜 기록했을까요? 다시는 그런 비극이 일어나지 않기를 바랐기 때문입니다. 후세 사람들이 비극적인 역사에서 교훈을 얻길 바랐던 것입니다. 《징비록》은 이렇게 시작합니다.

《징비록》이란 무엇인가?

임진왜란이 일어난 후의 일을 기록한 것이다.

유성룡은 사건의 전말, 일의 원인을 명확하게 밝히려고 했어요. 이런 작가의 의도 때문인지 《징비록》에는 사실이 있는 그대로 기록되어 있습니다. 특히 전쟁 초반에 일본에 처참하게 패배하는 모습이 적나라하게 드러나 있어요. 전쟁이 시작되고 일본군은 파죽지세로 한성을 향해 진격했습니다. 당시 조선에서 유명한 장수였던 이일과 신립이 일본군에 맞섰지만, 크게 힘을 써 보지도 못하고 무참히 패배합니다. 당시 조선 임금이었던 선조는 도성을 버리고 북쪽으로 도망칩니다. 그리고 명나라에 도움을 청하지요.

선조가 도성을 떠나는 날 비가 왔어요. 그렇지 않아도 처량한 상황인데, 비까지 오니 얼마나 참담했을까요? 이때 임금을 호위해야 할 군사들은 대부분 도망쳐 버립니다. 관원들도 살길을 찾아 도망가거나, 뒤떨어져 걸으며 따라가는 척하다가 사라져 버리기도 합니다. 얼마나 부끄러운 광경인가요? 이때 한 백성이 임금의 행렬을 보고 이렇게 울부짖습니다.

나라를 지켜 내지 못한 선조 임금도, 당파 싸움으로 왜적의 침입에 대처하지 못한 관리들도, 일본군을 막지 못하고 길을 내어 준 장수들도 모두 부끄러워할 일갈이었을 것입니다. 선조 일행은 정신없이 도망가다가 저녁 8시경에 동파역에 도착합니다. 8시면 저녁 먹을 시간이 지났습니다. 아무것도 먹지 못하고 먼 길을 왔으니 배가 고플 만합니다. 그런데 피난 행렬에 음식을 변변하게 가져 왔을 리가 없겠지요. 아무리 피난길이라도 임금이 굶으면 안 되니, 근처의 지방관들이 임금에게 올릴 음식을 마련해 옵니다.

그런데 황당한 일이 벌어집니다. 하루 종일 굶으면서 임금을 호위해 오던 자들이 음식을 보자, 앞뒤 가리지 않고 허겁지겁 먹어 치워 버린 것입니다. 임금에게 올릴 것을 하나도 남기지 않고 말이죠. 평시 같으면 모두 무거운 벌을 받았을 것입니다. 하지만 나라가 망하기 일보 직전인 상황에서 군신 간의 예의는 사라지고, 관료의 기강은 이미 무너져 버렸습니다. 유성룡은 이런 부끄러운 사실을 있는 그대로 기록했어요.

임진왜란 초기 전투 중에는 믿지 못할 황당한 패배도 있었습니다. 한성이 위험한 것을 알고 전라도 순찰사 이광이 군사를 이끌고 도성을 향했습니다. 충청도에서도 군사가 모였고, 전투에서 살아남은 경상도의 순찰사와 장수들도 합류했습니다. 거의 8만 명에 가까운 조선군이 용인 근처에 모였어요. 임진왜란 중에 이렇게 많은 군사가 모인 일은 이후에도 없었습니다.

이 정도면 엄청난 대군이죠. 일본군과 결전을 벌여 승리할 수 있는 숫자였어요. 단 한 가지 조건이 있었죠. 유능한 장수가 있어야 한다는 거죠. 당시 전라, 충청, 경상의 순찰사들은 병법을 아는 장수들이 아니었어요. 지휘관들은 작전 회의에서 의견이 엇갈렸고, 각자 따로 놀았어요.

결국 조선의 8만 군사는 어떻게 되었을까요? 믿기지 않겠지만, 제대로 된 전투를 해 보지도 못하고, 1,600명의 일본군에게 결정적인 타격을 입어 흩어져 버렸습니다. 그 많던 군사가 궤멸되고 3만 명 정도가 남았다고 해요. 부끄러운 용인 전투 이야기예요. 유성룡은 《징비록》에서 용인 전투에 대해 이렇게 적었어요.

**"군사 움직이기를 봄놀이하듯 하면
어찌 패하지 않겠는가?"라고 했던 옛사람의 말과 같았다.**

유성룡은 초기 전쟁의 양상에 대해 상세하게 기술하면서 당시 조선의 상황에 대해 비판했습니다. 국난을 맞이해 나라의 높은 관리들은 제 살길만 찾으려 했습니다. 군사 체계가 무너져 적 앞에서 우왕좌왕하다가 제대로 힘 한 번 써 보지도 못하고 일방적으로 패배했지요. '동방예의지국'이라는 말이 무색하게 군신 간의 예의도 무너졌습니다. 유성룡은 때로는 신랄하게, 때로는 담담하게 이런 사실을 기록하면서 훗날 비슷한 일이 일어나지 않도록 경계했습니다.

언제나 희망은 있다

유성룡은 대단히 명석한 인재였다고 해요. 조선의 위대한 성리학자로 명성이 자자했던 퇴계 이황이 무척 아꼈던 수제자였어요. '하늘이 내린 사람'이라고 칭찬했다는 말도 있습니다. 책을 한 번 보면 글자 하나 놓치지 않고 외웠다는 말도 전합니다. 선조 시대 사림파의 분열이라는 어쩔 수 없는 흐름 속에서 남인 쪽에 속했지만, 극단적인 붕당 정치에 기울지 않고 비교적 온건하게 처신했습니다. 그는 임진왜란 기간, 선조를 가장 가까이서 모시면서 내정과 군사를 모두 관장해 국정을 운영했습니다. 명나라 지원군이 왔을 때는 최선을 다해 군량을 보급하고, 조선의 입장을 적극적으로 대변하여 나라를 되찾는 데 결정적인 역할을 했습니다.

하지만 유성룡의 모든 업적을 뛰어넘는 딱 한 가지 잘한 일이 있습니다. 무엇일까요? 그것은 바로 이순신을 삼도수군통제사로 천거한 일입니다. 일본군은 육군이 조선의 중심을 관통해 올라가고, 수군은 전라도 지방을 돌아서 보급선을 구축하려는 계획을 세웠어요. 그런데 그 한쪽 날개를 이순신이 꺾어 버립니다. 한산도 대첩에서 이순신은 일본 수군에 결정적인 타격을 입힌 것입니다.

왜군은 본래 수군과 육군이 합하여 서쪽으로 내려오려 했지만,
이 한 번의 싸움(한산도 대첩)에 힘입어 드디어는 그 한 팔이
끊어져 버렸다. 이순신의 한 번 승리로 인한 공이었다.

일본 수군이 힘을 잃으면서 조선은 곡창 지대인 전라도를 보전할 수 있었습니다. 전쟁도 먹을 게 있어야 할 수 있어요. 배고픈 군사는 싸울 수가 없겠죠? 전라도를 잃지 않은 것은 전쟁에서 큰 의미가 있었어요. 그리고 충청도, 황해도, 평안도 연안 일대도 왜군에게서 보호할 수 있었습니다. 이제 조선은 한숨 돌리게 되었습니다. 밀리기만 했던 전쟁 초기와는 다르게 다시 일어날 힘을 축적할 수 있었어요.

이순신은 27전 27승의 경이로운 기록을 세운 장군이었어요. 일본은 단 한 번도 이순신을 이기지 못했습니다. 그들은 정공법으로

는 이순신을 어떻게 하기 힘들다는 것을 여러 번의 싸움으로 처절하게 깨닫고 꾀를 씁니다.

일본의 장수 고니시 유키나가는 아주 꾀가 많은 사람이었어요. 그는 가토 기요마사와 함께 조선을 공격한 장수였어요. 고니시와 가토는 경쟁 관계여서 사이가 좋지 않았습니다. 임진왜란이 끝나고 일본으로 돌아간 그들은 자기들끼리 전쟁을 치르기도 했어요. 아무튼 고니시는 이런 상황을 활용해서 계략을 세웁니다. 그는 자기 부하 요시라를 시켜 경상 우병사 김응서와 접촉하게 합니다. 그리고 김응서를 통해 조선의 조정에 거짓 정보를 흘립니다. 대략 이런 내용이에요.

'고니시는 이 전쟁을 그만두고 화친을 맺으려 했다. 그런데 가토가 방해해서 잘되지 않아 매우 곤란한 상황이 되었고, 그를 매우 미워하고 있다. 가토가 ○월 ○일에 바다를 건너오니 공격하면 사로잡을 수 있을 것이다.'

이런 정보를 접하고 조선 조정은 혼란에 빠집니다. 이게 사실일까요, 거짓일까요? 사실이라면 가토가 바다를 건너올 때 반드시 공격해야 합니다. 그렇지 않더라도 크게 손해는 아닙니다. 사실일 때의 이익이 너무나 크기 때문이에요. 가토 기요마사라는 원수를 잡을 기회입니다. 하지만 전쟁의 본질을 생각해 보세요. 아무리 제 편이 밉기로서니, 전쟁 상황에서 적에게 이로운 정보를 흘릴 장수가 있을까요?

선조는 이 정보를 사실이라 판단하고 이순신에게 출병해 가토를 잡으라고 명령합니다. 이순신은 군사를 움직였을까요? 그는 이것이 일본의 계략일지도 모른다고 생각합니다. 자칫하다가는 계략에 휘말려 어렵사리 모아 둔 조선 수군이 타격을 입을 수 있는 상황이었습니다. 지휘관의 잘못된 판단으로 부하들이 죽을 수 있었지요. 이순신은 이런저런 핑계를 대며 출정을 미뤘고, 고니시가 알려 준 시간은 지나갔습니다. 선조는 분노하여 이순신을 한성으로 끌고 와 고문하고 백의종군시켜 버립니다. 고니시의 꾀에 조선 조정이 놀아난 꼴이 되었습니다. 왜군은 바다에서는 단 한 번도 이순신을 이기지 못했지만, 세 치 혀로 이순신을 끌어내렸습니다. 고니시는 얼마나 통쾌했을까요?

몇몇 대신들의 구명으로 이순신은 겨우 목숨을 건집니다. 하지만 옥문을 나선 그에게 들려온 소식은 처참했습니다. 이순신의 어머니가 아들이 잡혀갔다는 말을 듣고 한성으로 오다가 죽음을 맞이했습니다. 그리고 이순신이 없는 조선 수군은 칠천량 해전에서 거의 전멸해 버렸어요.

하지만 이런 어려운 상황에서도 이순신은 혼자 해안 지역을 돌면서 흩어진 조선 수군을 수습합니다. 나라에서는 재정적인 지원도 해 주지 못하고 수군을 육군에 합쳐 버리라고 했지만, 이순신은 통행세를 거두어 재원을 마련하고 수군을 재건합니다. 그는 얼마

후 명량 해전에서 13척의 배로 133척의 일본 수군과 싸워 승리합
니다. 세계 해전사에서 명량 해전처럼 극적인 승리는 없었어요. 이
렇게 절망적인 상황에서도 언제나 희망은 있습니다.

　《징비록》과 같은 역사서를 보면서 역사적인 사실만 암기하는
것은 아무런 의미가 없습니다. 역사는 결국 사람이 만들어 가는 거
예요. 역사 속 인물들이 어떤 근거로 어떤 판단을 했는지, 어떤 실
수를 했는지, 어떻게 어려운 상황을 극복했는지 질문하면서 읽으
면 많은 것을 배울 수 있습니다. 비슷한 잘못을 되풀이하지 않을
지혜도 얻을 수 있지요. 아무리 절망적인 상황에서도 언제나 희망
이 있다는 사실도 깨달을 수 있답니다.《징비록》을 꼭 한번 읽어
보기를 권합니다.

사기 열전
史記 列傳

사마천 司馬遷

**"이것이 나의 죄인가? 나의 죄인가?
몸이 망가져 쓸모없게 되고 말았구나."**

사마천은 중국 전한 무제(武帝) 때의 인물입니다. 그는 당시에 흉노에 맞서 싸우다 항복한 이릉 장군을 변호하다가 황제의 미움을 받고 궁형(생식기를 도려내는 형벌)이라는 끔찍한 벌을 받았어요. 그는 이릉과 그렇게 친하지도 않았는데, 자기 생각을 이야기했다가 평생 씻기 힘든 치욕을 겪고 이 말을 책에 남겼다고 해요. 한 무제는 한때 사마천을 총애했지만, 한 번의 실수로 무시무시한 벌을 내렸습니다. 이 사건으로 사마천은 권력의 비정함을 깨달았습니다. 권력을 가진 자의 변덕으로 선량한 사람이 희생당할 수 있다는 것도 알게 됩니다.

사마천은 아버지 때부터 시작한 역사서 편찬을 위해 치욕을 참고 견디며 《사기》를 완성했습니다. 《사기》를 읽어 보면 전설로 전해지는 황제(黃帝) 시대부터 전한까지 2,000여 년의 중국 역사를 세세히 살펴볼 수 있어요.

그중에서도 《사기 열전》은 왕이나 제후가 아닌, 비교적 평범한 인물들의 이야기를 기록했어요. 의원, 자객, 광대, 점술가, 상인, 장군 등 왕족은 아니어도 자기만의 길을 가면서 역사에 이름을 남긴 사람들의 이야기입니다.

물론 좋은 이야기만 있지는 않아요. 사마천이 비판적으로 본 사람들도 많아요. 이들의 이야기를 보면 수천 년 전이나 지금이나 인간의 문제는 변하지 않는다는 것을 알 수 있어요.

사람들이 생각하는 방식, 사람 사이의 여러 가지 문제는 본질적으로 큰 차이 없이 반복되는 것입니다. 《사기 열전》의 몇 가지 이야기를 통해 변하지 않는 인간의 본성에 대해서 살펴볼까요?

사람들은 무엇이든 얻을 것이 있을 때 따른다

전국 시대 제나라 맹상군(孟嘗君)은 천하의 인재들을 잘 대우하는 것으로 이름이 높았습니다. 맹상군은 인재를 중요하게 생각해 수천 명의 식객을 거느렸어요. 손님 한 명을 대접하는 일도 쉽지 않은데, 수천 명의 삼시 세끼 밥을 해 먹이는 것만도 엄청난 일이었을 겁니다. 맹상군은 자기가 다스리던 땅에 사는 백성들에게 거둔 세금 대부분을 식객을 대접하는 데 썼습니다. 그는 식객들을 신분이나 출신에 따라 차별하지 않고 똑같이 대했어요. 자신이 먹는 음식과 식객들의 식사를 차별하지 않았습니다.

맹상군이 인재를 잘 챙겨 주자, 곳곳에서 수많은 인재가 몰려들었어요. 높은 학식과 식견을 가진 사람들, 남들보다 뛰어난 재주를 가진 사람들이 맹상군을 찾아왔지요. 맹상군은 사람들이 하찮게 대하는 자들도 받아 주었어요. 심지어는 개 짖는 소리를 잘 내는 좀도둑과 닭 우는 소리를 흉내 내는 재주를 가진 사람까지 식객으로 대우했으니까요. 다른 식객들은 그들을 은근히 무시했지만, 맹상군은 그들을 차별하지 않았습니다.

당시 명성이 높았던 맹상군은 진(秦)나라 소왕(昭王)의 요청으로 진나라 재상이 되었습니다. 맹상군에 대한 왕의 신임은 두터웠지요. 그런데 기존 진나라의 신하들은 기분이 그리 좋지 않았어요. 생각해 보세요. 듣도 보도 못한 제나라 사람이 와서 자기 나라 재상을 지내니 기분이 좋았을 리가 있었겠어요?

진나라 신하들은 끊임없이 맹상군을 모함합니다. 진나라 소왕은 그리 현명한 군주는 아니었어요. 마침내 소왕도 그들의 말에 귀를 기울이게 되었습니다. 소왕은 맹상군을 가두고 죽이려고 합니다. 맹상군은 위기에서 벗어나기 위해 소왕의 애첩을 통해서 왕의 마음을 돌리려고 했어요. 그런데 왕의 애첩이 여우 겨드랑이털로 만든 가죽옷을 달라고 합니다. 하지만 그 귀한 옷은 이미 맹상군이 소왕에게 선물로 준 뒤였어요.

고민에 빠진 맹상군을 도운 것은 도둑이었어요. 도둑은 개 짖는 소리를 내어 병사들의 주의를 돌린 뒤 여우 가죽옷을 훔쳐 왔습니다. 맹상군은 그 옷을 소왕의 애첩에게 주고 소왕의 마음을 돌려 간신히 진나라를 떠날 기회를 얻게 됩니다.

하지만 소왕은 이내 마음을 바꾸었어요. 풀어 주려고 했던 맹상군을 다시 잡으라는 명을 내립니다. 맹상군과 일행은 국경을 향해 달렸어요. 하지만 당시 진나라 법은 아침 닭이 울어야 국경의 문을 열 수 있었어요. 국경의 관문에는 도착했지만, 문을 열 방법이 없어 발을 동동거리던 맹상군을 구한 사람은 닭 울음소리 내는 재주를 가진 식객이었어요. 그가 닭 울음소리를 내자, 근처의 닭들이 모두 울었어요. 국경을 지키는 병사들은 새벽이 온 줄 알고 문을 열어 주었습니다. 맹상군은 이렇게 당장은 크게 쓸모없어 보이는 재주를 가진 사람이라도 포용해 크게 도움을 받았어요.

자, 여기까지만 보면 맹상군을 따른 사람들이 참 인정도 있고 의리도 있어 보입니다. 받은 은혜를 갚으려고 노력하는 모습을 보이니 말이에요. 하지만 반전이 있어요. 맹상군이 재상의 자리를 잃고 권력이 약해지자, 그의 곁에 있던 식객들이 하나둘 떠나갔습니다.

수천여 명에 이르렀던 식객들이 모두 떠나고 한 선비만 그의 곁을 지켰어요. 맹상군은 배신감을 느꼈겠죠?

그런데 그가 다시 높은 위치에 오르자, 떠나갔던 인재들이 다시 모여들었어요. 이때 맹상군은 분노했습니다. '내가 세력이 있을 때는 나를 따르는 척하다가, 내가 힘들 때는 매몰차게 배신했던 자들이 내가 다시 권세를 얻자 다시 찾아오는구나! 기회주의자들 같으니라고.' 이렇게 생각했을 것입니다. 맹상군 입장에서는 당연히 그렇겠지요? 그가 나쁜 사람이라고 할 수는 없습니다.

맹상군은 다시 웃는 낯으로 자기를 찾아온 사람들에게 모욕을 주려고 했어요. 이때 마지막까지 그의 곁을 지켰던 선비가 말렸습니다. 선비는 그것이 사람의 본성이라고 했어요. 사람들은 무엇이 되었든, 자기가 얻을 것이 있을 때 다른 이를 따릅니다. 반대로, 더 이상 얻을 것이 없으면 떠나갑니다. 그것이 세상의 이치라는 것이지요. 이익을 추구하는 것은 사람의 본성입니다. 이 본성을 꿰뚫어 보고 활용하는 것이 처세의 고수라고 할 수 있어요. '배신이다.'라고 매도하는 것은 하수가 살아가는 방식이에요. 보통 사람 같으면 '그게 무슨 말이냐.'라면서 그 선비의 말을 무시할 수도 있었을 것입니다. 하지만 맹상군은 그에게 절을 올립니다. 큰 가르침을 준 것에 대해 예를 표한 것이지요.

한번 생각해 보세요. 우리가 누군가를 왜 따르는지 말이에요. 예를 들어 좋아하는 연예인을 따르는 것은 그 연예인이 나에게 기

뺨을 주기 때문입니다. 보고만 있어도 좋고, '기쁨'을 얻기 위해 따르는 거예요. 마음이 맞는 친구는 계속 연락해서 만나고 싶고 같이 시간을 보내고 싶습니다. 그 친구를 통해 인정받고 싶은 욕구를 채울 수 있고, 심리적으로도 안정감을 얻기 위해서 계속 찾는 것이지요.

나중에 사회에서 일하는 것도 마찬가지입니다. 직업을 통해, 단체를 통해서 내가 얻을 것이 있기에 일하고, 그 일과 관련된 사람들도 따르게 됩니다. 2,000여 년 전에 사마천은 이런 인간의 속성을 맹상군의 이야기를 통해 전해 주었어요.

창고가 차야 예절을 안다

길을 가다가 누군가가 여러분에게 '천 원을 줄 테니 나에게 절해 봐.'라고 말한다면 어떻게 할까요? 미친 사람이라고 생각하고 그냥 무시할 가능성이 높아요. 자, 이제 '만 원을 줄 테니 절해 봐.'라고 말하면 어떻게 할까요? 몇몇 사람들은 '만 원 정도면 절 한 번 해 주지, 뭐.' 하고 절을 할지도 모르겠어요. '오만 원을 줄 테니 절해 봐.'라고 한다면 어떻게 할까요? 꽤 많은 사람이 넘어가지 않을까요? 십만 원, 백만 원, 천만 원, 1억…… 1억 원쯤 되면 어지간한 사람들은 모두 절을 하고 있지 않을까요?

사람은 돈 앞에서 약해집니다. 돈을 가지면 원하는 것을 대부분 할 수 있기 때문이에요. 돈으로 주변 사람을 행복하게 해 줄 수 있고, 몸이 불편한 것도 피할 수 있어요. 돈의 속성은 기본적으로 좋은 것입니다. 사마천은 인간이 돈을 원하는 것, 이익을 추구하는 것은 당연한 이치라고 했어요.

창고가 가득 차야 예절을 알고,
먹고 입을 것이 넉넉해야 영욕을 안다.
못은 깊어야 물고기가 있고, 산은 깊어야 짐승이 오가며,
사람은 부유해야만 인의를 따른다.
천하 사람은 모두 이익을 위해 기꺼이 모여들고,
이익이 없어지면 분명히 떠난다.

《사기 열전》 중 〈화식 열전〉에 나오는 말이에요. 사람들은 이익이 있으면 모여들고, 이익이 없으면 떠납니다. 위에서 보았던 맹상군의 사례에서처럼 말이죠. 돈과 이익은 살아가기 위해 아주 중요한 것입니다. 돈과 이익 앞에서 어느 정도 허리를 숙이는, 일반적인 인간의 속성을 무시하면 안 됩니다. 그것을 도덕이라는 잣대로 비난만 해서는 안 됩니다. 인간의 자연스러운 본성이라고 생각하고 그것까지 포용해야 역사를 경영하는 마음을 가질 수 있어요.

가끔 뉴스를 보면 '공인(公人)'이라는 말이 나옵니다. 보통 정치인이나 유명한 교수와 같은 사람들을 공인이라고 하는데, 사전에서는 '공적인 일에 종사하는 사람'으로 설명합니다. 우리는 그런 사람들에게 도덕적으로 모범이 되기를 기대합니다. 유력한 정치인이 편법을 써 자기 아들을 군대에 보내지 않는다거나, 세금을 제대로 내지 않았다면 어떤 생각이 드나요? '하나를 보면 열을 안다'라는 말이 있듯이, 사람들은 '그렇게 비양심적인 사람에게 나랏일을 맡기면 안 되겠다.'라고 생각합니다.

하지만 능력만 좋으면 조금 비도덕적이라도 괜찮지 않을까요? 무능하면서 도덕적인 사람보다 유능하고 비도덕적인 사람이 시민들에게 더 도움이 되는 일을 하지 않을까요? 이런 질문에 정확한 답은 없지만, 사마천이 전해 주는 이야기를 통해 생각을 확장해 볼 여지가 있습니다.

진(秦)나라 소왕(昭王) 때 백기(白旗)라는 장군이 있었습니다. 백기는 싸울 때마다 승승장구하는 장군이었어요. 용병술이 아주 뛰어났지요. 백기는 워낙 잘 싸워서 전국 시대 최고의 명장으로 손꼽히는 인물이에요. 크고 작은 전투에서 단 한 번도 패한 적이 없었습니다. 그야말로 백전백승의 장군이었지요. 백기는 진나라를 위해 수많은 공을 세웠습니다. 그는 싸울 때마다 크게 승리하며 진나라의 영토를 넓혔어요.

백기의 외모에 대해 재미있는 이야기가 전해져요. 그의 정수리 부분이 뾰족해서 '예두 장군'이라고 불렸어요. '예두(銳頭)'라는 말은 '머리 모양이 뾰족하다'라는 의미입니다. 그런데 그 뾰족한 머리만큼이나 그의 성정이 아주 잔인하기로 유명했어요.

한번은 조(趙)나라 군 40만 명과 진나라 군이 싸웠습니다. 역사적으로 '장평 대전'이라고 알려진 전투예요. 백기는 이 전투에서 승리한 뒤 40만 명이나 되는 조나라 포로들을 모조리 산 채로 땅속에 묻어 죽입니다. 어린아이 240명만 살려 보냈다고 해요.

이 사실을 알게 된 사람들은 모두 경악했습니다. 보통 전쟁이 끝나면 포로들은 가두어 두었다가 상대국에 포로로 사로잡힌 자기네 백성들과 교환하거나 그 지역에서 농사짓는 백성으로 정착시키거나 하는데, 그 많은 사람을 하루아침에 죽여 버린 것입니다. 그것도 왕의 허락도 받지 않고 임의로 결정을 내렸지요.

조나라 군은 줏대 없이 이랬다저랬다 한다.
모두 죽이지 않으면 난을 일으킬까 두렵다.

백기가 대량 학살을 저지른 이유는 조나라 사람들을 믿을 수 없기 때문이라고 합니다. 그렇다고 40만 명을 학살하다니 잘 이해되지는 않습니다. 백기는 계속되는 승리에 도취해 교만한 마음을 품었을 것입니다. 그런 교만함에서 40만 명을 학살하는 결정을 제멋대로 내리고, '나 아니면 안 된다'라는 생각으로 실언합니다. 훗날 백기는 재상 범저와 사이가 틀어져 싸움에 나설 기회를 얻지 못합니다. 그는 조국 진나라가 전쟁에서 이기지 못하자, 자기 말을 듣지 않아 그런 것이라고 말해서 왕의 분노를 사게 됩니다. 결국 왕이 내린 검을 받고 자결하는 운명을 맞이해요.

백기는 사람의 생명을 소중히 여기지 않고, 자기 능력을 과신해 교만에 빠져 있었어요. 아무리 능력이 뛰어나도 인간으로서 근본이 바르지 않은 사람은 끝내 성공하기 힘든 것이 인간사의 이치가 아닐까요?

사마천은 《사기 열전》에 다양한 인간의 모습을 담았어요. 그리고 날카롭게 인간의 본성을 지적했지요. 인간의 본성을 무시하지 말고, 이해하고 끌어안아야 큰사람이 될 수 있습니다. 그리고 역사는 인간다움을 잃지 않은 사람을 칭송합니다. 자기 능력과 업적에 도취된 나머지 인간다움을 잃고 짐승의 경계에서 살아간다면, 어떤 식으로든 그 벌을 받게 된다는 진실은 역사를 통해 알 수 있어요.

참고 문헌

- 임성훈, 《살면서 꼭 한 번은 논어》, 2021, 다른상상
- 이이, 이민수 역, 《격몽요결》, 2012, 을유문화사 (원문 참고)
- 장주, 기세춘 역, 《장자》, 2007, 바이북스 (원문 참고)
- Jonathan Swift, 《Gulliver's Travels into Several Remote Nations of the World》, 1997, http://www.gutenberg.org/ebooks/829 (원문 참고)
- 조너선 스위트프, 이혜수 역, 《걸리버 여행기》, 2021, 을유문화사
- 조너선 스위트프, 이종인 역, 《걸리버 여행기》; 2020, 현대지성
- Richard Bach, 《Jonathan Livingston Seagull》, 2014, Scribner (원문 참고)
- Hermann Hesse, 《Demian》, 2013, 더클래식 (원문 참고)
- 헤르만 헤세, 이순학 역, 《데미안》, 2018, 더클래식
- 맹자, 이기동 역, 《맹자강설》, 2022, 성균관대학교출판부 (원문 참고)
- William Golding, 《Lord of the Flies》, 2006, Penguin Books (원문 참고)
- 윌리엄 골딩, 이덕형 역, 《파리 대왕》, 1999, 문예출판사
- Plato, Benjamin Jowett (Translator), 《Apoplogy》, 1999, http://www.gutenberg.org/ebooks/1656 (영문 참고)
- 플라톤, 왕학수 역, 《소크라테스의 변명/향연》, 2007, 신원문화사
- 플라톤, 강철웅 역, 《소크라테스의 변명》, 2014, 이제이북스
- Ernest Hemingway, 《The Old Man and the Sea》, 2018, 더클래식 (원문 참고)
- 어니스트 헤밍웨이, 이종인 역, 《노인과 바다》, 2012, 열린책들
- 유성룡, 김문정 역, 《징비록》, 2015, 더클래식 (원문 참고)
- 유성룡, 장준호 역, 《징비록》, 2022, 아르테
- 사마천, 장세후 역, 《사기 열전》, 2017, 연암서가 (원문 참고)

생각이 많은 10대를 위한
고전수업

초판 1쇄 인쇄 2025년 11월 14일
초판 1쇄 발행 2025년 11월 24일

지은이 | 임성훈
그린이 | 박상훈
펴낸이 | 한순 이희섭
펴낸곳 | (주)도서출판 나무생각
편집 | 양미애 백모란
디자인 | 박민선
마케팅 | 이재석
출판등록 | 1999년 8월 19일 제1999-000112호
주소 | 서울특별시 마포구 월드컵로 70-4 (서교동) 1F
전화 | 02)334-3339, 3308, 3361
팩스 | 02)334-3318
이메일 | book@namubook.co.kr
홈페이지 | www.namubook.co.kr
블로그 | blog.naver.com/tree3339

ISBN 979-11-6218-369-4 43300